Abraço apertado

Romain Gary
(Émile Ajar)

Abraço apertado

tradução
Rosa Freire d'Aguiar

todavia

Aviso

Quando em 1974 *Gros-Câlin* [Abraço apertado] foi publicado pela Mercure de France, seus editores não sabiam que por trás do pseudônimo de Émile Ajar escondia-se Romain Gary. Em seu livro póstumo, *Vie et mort d'Émile Ajar* [Vida e morte de Émile Ajar], conta Gary:

> Foi só depois de terminar *Gros-Câlin* que tomei a decisão de publicar o livro sob pseudônimo, sem conhecimento de meu editor. Eu sentia que havia incompatibilidade entre a notoriedade, os pesos e medidas segundo os quais se julgava minha obra, "a cara que tinham me dado" e a própria natureza do livro.

Mas a versão publicada não correspondia ao manuscrito original, enviado do Brasil por Pierre Michaut, amigo do autor. O final, especialmente, fora modificado:

> Não podendo evocar nenhuma "autoridade" válida, Pierre Michaut teve, porém, de aceitar cortes. Um capítulo no meio, algumas frases aqui e ali, e o último capítulo. Este último capítulo "ecológico" era, a meu ver, importante. Mas é verdade que seu lado "positivo", seu lado "mensagem", quando meu personagem, transformado em píton, é levado à tribuna do encontro ecológico, não estava no tom do resto.

E Romain Gary acrescentava:

> Desejo, portanto, que *Gros-Câlin* permaneça tal como apareceu pela primeira vez diante do público. O capítulo "ecológico" pode ser publicado separadamente se minha obra continuar a interessar.

Realizando o desejo de Romain Gary, esta edição inclui como apêndice o fim original.

O Conselho Nacional da Ordem dos Médicos reafirma sua hostilidade ao aborto livre, estimando que se o legislador o autorizasse, essa "tarefa" deveria ser praticada por um "pessoal de execução particular" e em "lugares especialmente designados: os ABORTÓRIOS".

Jornais de 8 de abril de 1973

Vou entrar aqui direto no assunto, sem outra forma de processo. O Assistente que se interessa pelos pítons, no Jardim de Aclimatação, tinha me dito:

— Encorajo-o firmemente a continuar, Cousin. Ponha tudo isso por escrito, sem esconder nada, porque nada é mais emocionante do que a experiência vivida e a observação direta. Evite, sobretudo, qualquer literatura, pois o assunto vale a pena.

Também convém lembrar que grande parte da África é francófona e que os trabalhos ilustres dos cientistas mostraram que os pítons vieram de lá. Portanto, devo me desculpar quanto a certas mutilações, usos errados, cambalhotas, desacatos, recusas de obediência, extravios, estrabismos e imigrações selvagens da linguagem, sintaxe e vocabulário. Coloca-se aí uma questão de esperança, de outra coisa e de outros lugares, a apreços desafiando qualquer concorrência. Para mim seria muito complicado se me pedissem sob intimação para usar palavras e formas que já correram muito, no sentido corrente, sem encontrar saída. O problema dos pítons, sobretudo na aglomeração da Grande Paris, exige uma renovação muito importante nas relações, e portanto insisto em dar à linguagem empregada no presente tratamento uma certa independência e uma oportunidade de se compor de outra maneira que não a dos usuados. A esperança exige que o vocabulário não seja condenado ao definitivo por motivo de fracasso.

Fiz essa observação ao Assistente, que aprovou.

— Exato. É por isso que considero que seu tratado sobre os pítons, tão rico em contribuição pessoal, pode ser muito útil, e que o senhor também deveria evocar sem hesitação Jean Moulin e Pierre Brossolette,* pois esses dois homens não têm rigorosamente nada a fazer na sua obra zoológica. Portanto, o senhor estará certo ao mencioná-los, com um objetivo de orientação, de contraste, de localização, para se situar. Pois não se trata apenas de tirar seu time de campo, mas de atrapalhar todas as relações do campo com o seu time.

Não compreendi e fiquei impressionado. Sempre fico impressionado com o incompreensível, pois isso talvez esconda alguma coisa que nos seja favorável. Em mim, é racional.

Daí concluo sem outra forma de processo de Joana d'Arc — digo isso por atenção com a francofonia e para dar as reverências necessárias — que agora estou direto no assunto.

Pois é incontestável que os pítons entram na categoria dos mal-amados.

Começo pela natureza, no que ela tem de mais exigente: a questão alimentar. Há de se observar que não tento, de jeito nenhum, passar em silêncio o mais complicado: os pítons não se alimentam apenas de carne fresca, eles se alimentam de carne viva. É assim.

Quando trouxe Gros-Câlin da África, depois de uma viagem organizada sobre a qual teria uma palavrinha a dizer, fui ao Museu de História Natural. Eu tinha sentido por esse píton uma amizade imediata, um arrebatamento ardente e

---

* Jean Moulin (1899-1943), chefe do Conselho Nacional da Resistência durante a Segunda Guerra Mundial, foi preso em Caluire, arredores de Lyon, pelo chefe da Gestapo em Lyon, Klaus Barbie, e morreu semanas depois. Pierre Brossolette (1903-44), um dos principais heróis da Resistência à Ocupação nazista, suicidou-se jogando-se pela janela do quinto andar de um quarto onde estava sendo torturado. [Esta e as demais notas são da tradutora.]

espontâneo, uma espécie de mutualidade, assim que o vi sendo exibido por um negro diante do hotel com tudo incluído, mas não conhecia nada das condições de vida que lhe eram impostas. Ora, eu queria assumi-las. O veterinário me disse, com um belo sotaque do Sul da França:

— Os pítons em cativeiro se alimentam unicamente de presas vivas. Camundongos, porquinhos-da-índia, ou até um coelhinho de vez em quando, isso faz bem...

Ele sorria, por simpatia.

— Eles engolem, eles engolem. É interessante observar quando o camundongo está na frente e o píton abre a goela. O senhor vai ver.

Eu estava lívido de horror. Foi assim que, mal voltei para minha aglomeração parisiense, esbarrei com o problema da natureza, em que já tinha esbarrado antes, a cabeça em primeiro lugar, é claro, mas sem para isso ter contribuído deliberadamente. Dei o primeiro passo e comprei uma ratinha branca, mas ela mudou de natureza assim que a tirei de sua caixa, já em meu habitat. Tomou abruptamente um aspecto pessoal importante, quando senti seus bigodes na palma de minha mão. Vivo sozinho, e chamei-a de Blondine, por causa, justamente, de ninguém. Sempre cuido do que é mais urgente. Quanto mais a senti pequena na palma da mão e quanto mais ela cresceu, mais meu habitat foi ficando, de repente, totalmente ocupado. A bichinha tinha orelhas transparentes cor-de-rosa e um focinho minúsculo bem fresquinho, e para um homem sozinho essas coisas não enganam e assumem grandes proporções, por causa da ternura e da feminilidade. Quando isso não existe, isso não para de crescer, ocupa todo o lugar. Eu comprara uma catita branca e de luxo para que Gros-Câlin a comesse, mas eu não tinha a força masculina necessária. Sou um fraco, digo-o sem me gabar. Não tenho nenhum mérito nisso, apenas constato, mais nada. Há até momentos em que me sinto tão fraco que deve haver erro e como não sei o que entendo por erro, vocês podem ter uma ideia da extensão da coisa.

Blondine logo começou a cuidar de mim, trepando no meu ombro, mexendo no meu pescoço, fazendo cócegas dentro de meu ouvido com seus bigodes, todas essas mil coisinhas que dão prazer e criam intimidade.

Enquanto isso, meu píton arriscava-se a morrer de fome. Comprei um porquinho-da-índia, porque a Índia é mais demográfica, mas este também logo deu um jeito de fazer amizade comigo, sem para isso precisar do menor esforço. É extraordinário a que ponto os bichos se sentem sós num quarto e sala da Grande Paris e como precisam de alguém para amar. Eu não podia jogar aquilo na goela de um píton faminto por simples consideração às leis da natureza.

Não sabia o que fazer. Tinha que alimentar Gros-Câlin pelo menos uma vez por semana e ele contava comigo para isso. Já fazia vinte dias que eu o assumira e ele me demonstrava seu afeto enrolando-se em volta de minha cintura e de meus ombros. Balançava sua linda cabeça verde diante de meu rosto e me olhava fixo nos olhos, como se nunca tivesse visto nada parecido. Meu drama de consciência foi tamanho que corri para consultar o padre Joseph, da paróquia na Rue de Vanves.

Esse padre sempre foi para mim um homem de bons conselhos. Era sensível às minhas considerações e ficava muito tocado porque entendera que eu não o procurava por Deus, mas por ele mesmo. Era muito suscetível a esse respeito. Se eu fosse padre, também teria esse problema, sempre sentiria que não era propriamente eu o ser amado. É como esses maridos cuja companhia buscamos porque eles têm uma mulher bonita.

O padre Joseph me demonstrou, portanto, certa simpatia no bar ali em frente, o Ramsès.

Uma vez ouvi meu chefe de escritório dizer a um colega: "É um homem com ninguém dentro". Fiquei mortificado por uns quinze dias. Embora não falasse de mim, o fato de que eu tivesse me sentido desamparado com essa observação prova que ela me visava: nunca se deve falar mal dos ausentes. Não podemos estar ali de verdade e totalmente; estamos à espera, e isso merece respeito. Digo isso de propósito, porque há palavras de todo tipo, como "passos perdidos", que me fazem refletir. "É um homem com ninguém dentro..." Pois é, não pensei duas vezes, fiz uma foto de Gros-Câlin, e sempre a levo comigo na minha carteira junto com minhas provas de existência, documentos de identidade e seguro multirriscos, e mostrei a meu chefe que havia "alguém dentro", justamente, e ao contrário do que ele dizia.

— É, eu sei, todo mundo aqui fala disso — ele me disse. — Posso lhe perguntar, Cousin, por que adotou um píton e não um bicho mais cativante?

— Os pítons são muito cativantes. São sociáveis por natureza. Eles se enroscam.

— Mas, e daí?

Tornei a pôr a foto na minha carteira.

— Ninguém o queria.

Ele me olhou curiosamente.

— Quantos anos você tem, Cousin?

— Trinta e sete anos.

Era a primeira vez que ele se interessava por um píton.

— Você vive sozinho?

Com essa pergunta aí, desconfiei. Parece que eles vão aplicar regularmente testes psicológicos nos empregados, para ver se estão se deteriorando, se modificando. É para preservar o meio ambiente. Talvez fosse o que ele estava fazendo.

Comecei a suar frio. Não tinha a menor ideia se os pítons eram bem-vistos. Talvez tivessem notas baixas nos testes psicológicos. Talvez isso quisesse dizer que não estavam contentes com o emprego. *Vive sozinho com um píton.* Eu via isso na minha ficha.

— Pretendo fundar uma família — eu lhe disse.

Queria lhe dizer que ia me casar, mas ele interpretou isso em relação ao píton. Olhava-me curiosamente e curiosamente.

— É só enquanto espero. Penso em me casar.

Era verdade. Minha intenção era me casar com a srta. Dreyfus, uma colega de escritório que trabalha no mesmo andar, de minissaia.

— Parabéns — ele me disse. — Mas terá dificuldade em conseguir que sua mulher aceite um píton.

Foi embora sem me dar tempo de me defender. Sei perfeitamente que a maioria das moças de hoje se recusaria a viver num apartamento com um píton de dois metros e vinte e que tudo de que mais gosta é se enrolar afetuosamente em você, dos pés à cabeça. Mas ocorre que a srta. Dreyfus é, ela mesma, uma negra. Com toda certeza tem orgulho de suas origens e de seu meio natural. É uma negra da Guiana Francesa, como seu nome indica, Dreyfus, nome que costuma ser muito adotado por lá pelas pessoas da terra, por causa da glória local e para incentivar o turismo.* O capitão Dreyfus, que não era culpado, ficou por lá cinco anos, na prisão de trabalhos forçados, errado ou certo, e sua inocência voltou a jorrar sobre todos. Li tudo o que se pode ler sobre a Guiana quando se está apaixonado e aprendi que há cinquenta e duas famílias negras que adotaram esse sobrenome, por causa da glória nacional e do racismo nas Forças Armadas em 1905. Assim, ninguém ousa tocar nelas. Houve por lá um Jean-Marie Dreyfus condenado por roubo e por pouco isso não provocou uma revolução, devido às coisas sagradas e aos bens nacionais. Portanto, é mais que evidente que eu não tinha levado astuciosamente para casa um píton africano para arranjar uma desculpa e explicar por que nenhuma moça queria ir viver comigo, por causa dos preconceitos contra os pítons, e por que não tenho amigos de minha espécie. E, aliás, o chefe do escritório também não é casado, e nem sequer tem um píton em casa. Na verdade, não pedi a ninguém para casar comigo embora entre mim e a srta. Dreyfus isso vá acontecer a qualquer momento e na primeira ocasião que se apresentar, mas é verdade que os pítons são em geral considerados repugnantes, horrendos, e metem medo. Precisa-se, e digo em absoluto conhecimento de causa e sem desespero, precisa-se de muitas afinidades seletivas, de uma herança cultural comum, para que uma moça aceite viver assim a dois, cara a cara com tamanha prova de amor. Eu não peço mais nada. Talvez me expresse por meias-palavras mas

---

* Foi na prisão da Ilha do Diabo, na Guiana Francesa, que ficou preso a partir de 1894 o capitão Alfred Dreyfus, acusado de traição por ter vendido segredos militares aos alemães.

a aglomeração parisiense conta dez milhões de usuados sem falar dos carros, e convém, mesmo correndo o risco de gritar com toda a franqueza, esconder e não expor o essencial. Aliás, se Jean Moulin e Pierre Brossolette foram pegos, é porque se manifestaram na rua, porque foram a encontros fora de casa.

Outra vez, na mesma ordem de coisas, peguei na Porte de Vanves um vagão que estava vazio, com exceção de um senhor sozinho num canto. Vi na mesma hora que ele estava sentado sozinho no vagão e fui, claro, me sentar ao lado dele. Ficamos assim por um momento e criou-se entre nós um certo constrangimento. Havia lugar em todo o vagão, e por isso era uma situação humanamente difícil. Eu sentia que, mais um segundo, iríamos mudar de lugar, nós dois, mas eu insistia, porque era aquilo em todo o seu horror. Eu digo "aquilo" para me fazer entender. Então, ele fez uma coisa muito bonita e muito simples, para me pôr à vontade. Pegou sua carteira e tirou umas fotos que estavam lá dentro. E mostrou-as, uma por uma, como quem mostra famílias de entes queridos, para que a gente os conheça.

— Isto é uma vaca que comprei na semana passada. Uma Jersey. E isto é uma porca, trezentos quilos. Que tal?

— São lindos — disse eu, emocionado, pensando em todos os seres que se buscam sem se encontrar. — O senhor faz criação?

— Não, é assim — disse ele. — Adoro a natureza.

Felizmente eu tinha chegado, porque havíamos nos dito tudo e atingido um ponto nas confidências em que seria muito difícil ir mais longe e mais além, por causa dos engarrafamentos interiores.

Por preocupação com a clareza, observo de imediato que não faço digressões, embora na verdade tivesse ido ao Ramsès para consultar o padre Joseph, e que sigo, neste presente tratado, o modo de andar natural dos pítons, para melhor colar ao meu assunto. Esse modo de andar não se dá em linha reta mas por contorções, sinuosidades, espirais, enrolamentos e desenrolamentos sucessivos, formando às vezes anéis e verdadeiros nós, e assim sendo é importante proceder aqui da mesma maneira, com simpatia e compreensão. Nestas páginas, ele precisa se sentir em casa.

Observo igualmente que Gros-Câlin começou a fazer sua primeira mudança de pele em minha casa mais ou menos no instante em que passei a tomar estas notas. Claro, ele não chegou a nada, voltou a ser ele mesmo, mas tentou corajosamente, e se renovou. A metamorfose é a coisa mais bela que algum dia me aconteceu. Eu estava sentado ao lado dele, fumando um cachimbo curto, enquanto ele enfrentava a muda. No alto, na parede, há fotos de Jean Moulin e de Pierre Brossolette, que já mencionei aqui de passagem, assim, sem nenhum engajamento de vocês.

Mas assim como diz o dr. Tröhne em seu manual sobre os pítons, "não basta amar um píton, ainda é preciso alimentá-lo".

Portanto, fui consultar o padre Joseph por causa desse problema da carne viva. Tivemos uma longa explicação no Ramsès, em torno de uma garrafa de cerveja. Eu bebo vinho, cerveja, como sobretudo legumes, massas, muito pouca carne.

— Pois é, me recuso a alimentar meu píton com camundongos vivos! — disse-lhe. — É desumano. E ele se nega a comer outra coisa. O senhor já viu um pobre ratinho diante de um píton que vai engoli-lo? É atroz. A natureza é malfeita, padre.

— Meta-se com o que lhe diz respeito — falou o padre Joseph, severo.

Pois desnecessário dizer que ele não tolera nenhuma crítica sobre seu píton, o dele.

— A verdade, sr. Cousin, é que o senhor deveria se interessar mais pelos seus semelhantes. Ninguém tem a ideia de se afeiçoar a um réptil...

Eu não ia me lançar numa discussão zoológica com ele sobre uns e outros, para saber quem é o quê, eu não tentava surpreendê-lo. Para mim, tratava-se simplesmente de decidir essa questão dos frutos da terra.

— Esse bicho tomou-se de uma verdadeira amizade por mim — disse-lhe. — Vivo bastante só, embora decentemente. O senhor não imagina o que é isso, voltar para casa à noite e encontrar alguém que o espera. Passo meu dia a contar aos bilhões — sou estatístico, como o senhor sabe — e quando termino meu expediente sinto-me naturalmente muito diminuído. Volto para casa e encontro em minha cama, enrolado como uma bola, uma criatura que depende de mim inteiramente e para quem eu represento tudo, e que não pode ficar sem mim...

O padre me olhava atravessado. É o tipo de padre que parece um pouco militar, porque fuma cachimbo.

— Se o senhor tivesse adotado Deus em vez de se enrolar na sua cama com um réptil, estaria muito melhor na vida. Primeiro, Deus não come camundongos, ratos e porquinhos-da-índia. É muito mais limpo, creia-me.

— Escute, padre, não me fale de Deus. Quero alguém para mim, e não alguém que é de todo mundo.

— Mas justamente...

Eu não o ouvia. Mantinha-me ali discretamente, com meu chapeuzinho, minha gravata-borboleta amarela de bolinhas azuis, meu cachecol e meu sobretudo, muito decentemente vestido, jaquetão, calça e tudo, por causa das aparências e da clandestinidade. Num grande aglomerado como Paris, com dez milhões, por baixo, é muito importante fazer as coisas como convém e exibir as aparências demográficas habituais para não provocar ajuntamento. Mas com Gros-Câlin assim chamado, sinto-me diferente, sinto-me aceito, rodeado de presença. Não sei como os outros fazem, é preciso ter matado pai e mãe. Quando um píton se enrola em você e o aperta bem forte, a cintura, os ombros, e encosta a cabeça no seu pescoço, você tem apenas de fechar os olhos para se sentir ternamente amado. É o fim do impossível, a que aspiro com todo o meu ser. A mim, é preciso dizer, sempre me faltaram braços. Dois braços, os meus, são um vazio. Eu precisaria de outros dois ao redor. É o que se chama, entre as vitaminas, estado de carência.

Eu não escutava o que o padre Joseph dizia, deixava-o falar, ele estimulava o consumo. Parece que Deus não corre o risco de nos faltar, porque ele é ainda mais abundante do que petróleo entre os árabes, a gente podia pegar a mancheias, bastava se servir. Eu, de meu lado, estava longe, com meu sorriso, que estava contente de me rever. Lembrava-me de que outro dia a srta. Dreyfus me dissera, numa manhã, quando eu atravessava a Contabilidade:

— Cruzei com você no domingo, nos Champs-Élysées.

Fiquei pasmo com a franqueza, para não dizer atrevimento, com que aquela moça me manifestava sua atenção. Era mais corajoso ainda de sua parte porque, como eu já disse com estima e de igual para igual, é uma negra e, para uma negra, transpor assim as distâncias na Grande Paris é comovente. Ela é muito bonita, com botas de couro no meio das coxas, mas não sei se aceitaria dividir a vida de um píton, pois para mim estaria fora de questão pôr Gros-Câlin no olho da rua. Proponho-me proceder lentamente, etapa por etapa. Quero que a srta. Dreyfus se habitue com a minha natureza, com o meu modo de vida. Portanto, não respondi às suas insinuações, precisava primeiro ter absoluta certeza de que ela me conhecia de verdade, sabia com quem estava lidando.

Fora a srta. Dreyfus, eu tinha posto Blondine numa caixa com buracos para que ela pudesse respirar e a coloquei bem no alto do armário de roupa de cama, fora do alcance. Essa questão das vitualhas ocupa um lugar importante na vida e precauções são indispensáveis para evitar um drama da natureza. Nos pítons, as afinidades intuitivas são especialmente desenvolvidas, por causa da sensibilidade oculta sob as escamas, e algumas vezes me aconteceu encontrar, ao voltar para meu habitat, Gros-Câlin erguido sobre o carpete em espiral ascendente na direção da gaveta superior que ele não consegue alcançar por falta do necessário, e então deve se contentar com a aspiração, como qualquer pessoa. Ele é muito bonito e fica de cabeça erguida diante do armário de roupa de cama, com seu cinza-esverdeado que passa ao bege-amarronzado sob a barriga e em alguns pontos, tendo um aspecto de bolsa feminina do Faubourg Saint-Honoré, levemente lustroso, e ele segue sua aspiração com um olhar atento, um pouco sórdido, e profundo interesse. Com olhar atento, fixo, erguido sobre suas espirais como uma mola viva, oscilando levemente na base, com o objetivo de fascinar, virando a cabeça num movimento súbito, ora à esquerda, ora à direita, na esperança. É a atitude do explorador inglês escrutando o horizonte e as quedas de Victoria Nyanza, com a mão em viseira e um lenço na nuca debaixo do capacete colonial, pensando na conquista e na civilização, e que li muito quando era pequeno.

Mostrei ao veterinário do Museu uma mancha preta, cinza-preta, um erro da natureza, de que Gros-Câlin se beneficiou sob o ventre, lado esquerdo, e o veterinário me disse com humor que isso lhe teria dado um grande valor se ele fosse um selo de correio. Parece que é muito raro, e a raridade consagra. Os erros de impressão conferem grande valor, devido ao cálculo das probabilidades, que torna sua intrusão muito problemática e mais ou menos impossível, pois tudo foi concebido a fim de evitar, justamente, a intrusão do erro humano. É nesse sentido que uso com prudência, e evitando despertar cruelmente as esperanças dolorosas e não concretizadas pela natureza, as expressões "erro humano" e "fim do impossível". Convém não me acusar logo de elitismo, pois solicito a aparição do erro humano à sua escala mais humildemente demográfica — sou como penso — com um simples objetivo de nascimento, de metamorfose.

Aliás, convém não criar ilusões por causa do simples aparecimento de uma mancha cinza-preta sob o ventre, lado esquerdo. A expectativa de um erro de impressão que conferisse uma raridade inaudita e um valor subitamente novo a uma emissão de esperma é um simples devaneio de filatelista, como os extraterrestres e os discos voadores. Há, antes, depreciação vertiginosa devido à inflação e ao direito sagrado à vida por via urinária.

Também encontrei uma ou duas vezes Gros-Câlin erguido assim em espiral contra a parede na direção dos retratos de Jean Moulin e de Pierre Brossolette, num objetivo aspiratório ou desesperado, ou simplesmente por hábito de olhar para cima.

Porém, devo confessar que apesar de minha prudência esse negócio de mancha me despertou emoções premonitórias. Uma andorinha não faz verão, mas, justamente, logo se deu a aparição de outra. Um de meus colegas de escritório, Braverman, colega muito decentemente vestido, veio me ver com um jornal na mão. Não leio inglês, sendo francófono de cultura e de origem, e orgulhoso de sê-lo, tendo em vista a contribuição da França ao passado, do qual ela continua a se livrar. No entanto, ele mostrou o lugar na página e me traduziu uma notícia de que uma grande *mancha* — sou eu que sublinho — uma grande *mancha* viva orgânica e em vias de *desenvolvimento* — repito que sou eu que sublinho a fim de evitar a ilusão de uma manifestação transcendental e extraterrestre, com aparecimento de esperança —, uma *mancha*, portanto, orgânica, em vias de *desenvolvimento* — que não parava de *crescer* e de *se espalhar*, aparecera no chão, portanto, na terra — é importante pelas razões que se imaginam —, no jardim de uma dona de casa do Texas. Era de aspecto marrom — a de Gros-Câlin era de um cinza-preto, mas convinha esperar e ver, pois a natureza faz seu caminho lentamente, segundo as leis que lhe são próprias —, composta de uma substância avermelhada e crescia a olhos vistos. Permanecia rebelde a todas as tentativas de supressão e de retorno à ordem das coisas. O jornal — digo isso a fim de não ser acusado de falso profeta — era o *Herald Tribune* que se encontra em Paris por motivos internacionais, em data de 31 de maio de 1973, a agência de notícias era a Associated Press, e o nome da dona de casa era sra. Marie Harris. Não anotei o nome do lugarejo do Texas onde ocorreu essa aparição, a fim de não parecer querer limitar as coisas. Acrescento também, igualmente seco e no mesmo tom, que não sou idiota, sei perfeitamente que Jesus Cristo não apareceu primeiro como uma mancha nem no jardim nem sob o ventre à esquerda e sei que a confusão com manifestação de esperança é característica dos estados latentes e pré-natais. O que me move aqui é unicamente a preocupação científica de dar conta da vida de um píton em Paris em seu ambiente demográfico e com suas necessidades. É um problema que ultrapassa o da imigração selvagem.

O jornal dizia em inglês que a mancha misteriosa, esponjosa, porosa, resistia a todos os esforços da sra. Marie Harris para apagá-la e se tranquilizar, e que ninguém sabia qual era a origem daquele novo organismo vivo.

Suponho que Braverman, que não me suporta, embora o esconda sob uma atitude de habilidade perfeitamente indiferente, me tenha traduzido esse artigo com um objetivo pejorativo e perfeitamente insultante a meu respeito para me informar da vinda ao mundo de outro organismo esponjoso, poroso e avermelhado por dentro, cuja presença e necessidade escapavam ao entendimento. Se queria me humilhar, enganou-se redondamente em seu ironismo. Esse organismo desconhecido, súbito e sem precedente, era sem a menor dúvida um erro que se esgueirava no sistema em vigor, uma tentativa de ato contra a natureza, e logo que isso me apareceu sob essa luz fui tomado de esperança e encorajamento a aspirar. Não se tratava, é claro, de uma simples verruga, assim como Braverman sugerira com desprezo, embora não se deva tampouco cuspir nas verrugas.

Não se podia dizer o que era: os cientistas do Texas eram categóricos quanto à sua *ignorância*. Ora, se há uma coisa, justamente, que abre horizontes é a *ignorância*. Quando olho para Gros-Câlin, vejo-o prenhe de possibilidades por causa de minha ignorância, da incompreensão que me assalta diante da ideia de que tal coisa é possível. É isso, justamente, a esperança, é a angústia incompreensível, com pressentimentos, possibilidades de outra coisa, de alguma outra pessoa, com suores frios.

É evidente que não se pode morrer de medo sem ter razões de esperar. Uma coisa não funciona sem a outra.

Esperei que Braverman fosse embora para correr ao toalete a fim de me examinar dos pés à cabeça. A maioria das pessoas, depois dessa mancha, tinha medo, porque todo mundo tem medo da mudança, devido ao hábito e ao desconhecido. No entanto, terá se compreendido que eu não podia sentir mais medo do que antes, não era possível. Não voltarei a isso, mas criar em casa, em Paris, um píton de dois metros e vinte, oferecendo refúgio na clandestinidade a Jean Moulin e Pierre Brossolette, é uma coisa difícil, como todo mundo.

Aliás, no dia seguinte o jornal anunciou que o fenômeno do Texas não era novo e que se tratava de um início em vista de um cogumelo.

Anoto esse episódio para indicar bem claramente que sou dado ao otimismo e que não me considero como definitivo mas em posição de espera e de aparição eventual.

Para evitar toda confusão e retomar nosso curso regular depois desse nó, acrescento que as quedas de Victoria Nyanza encontram-se, hoje, na Tanzânia.

Continuando a descrever meus hábitos e meu modo de vida em casa, depois desse problema de comida que foi resolvido com o auxílio da religião, como se verá daqui a pouco, observo que às vezes vou ver as boas putas, e emprego essa expressão em seu sentido mais nobre, com toda a minha estima e minha gratidão quando tomam conta de mim. Sinto-me de súbito completo quando tenho dois braços a mais. Há uma delas, Marlyse, que me olha nos olhos quando se enrosca em mim, e me diz:

— Meu pobre queridinho.

Eu gosto. Eu gosto que me digam meu pobre ratinho... queridinho, quis dizer. Sinto que faço ato de presença.

Ela costuma acrescentar:

— Puxa, você tem uns olhos. Pelo menos com você alguém olha para a gente. Não é só o lugar. Ande, venha para que eu lave a sua bunda.

Coloca-se aqui um problema extremamente delicado e constrangedor, que sou obrigado a levantar no quadro deste estudo. Dizem-me que não era assim antigamente. A dona do bar da Rue Vialle, com quem me abri, ofereceu uma explicação:

— É por causa das rosas. A pele do fiofó é rosa como as pétalas do mesmo nome, daí a imagem poética, folha de rosa, que é o beijo grego. Isso era menos pedido no meu tempo, mas o nível de vida aumentou, por causa da expansão e do crédito. As riquezas são mais bem divididas e mais acessíveis. Pois é, é o nível de vida que faz isso. Tudo aumenta e a higiene também. Os mimos reservados aos privilegiados são mais bem divididos, o acesso a eles é mais fácil. E além disso, tem a conscientização, a banalização, a rapidez, também, para ir direto ao que interessa, sem complicações. No meu tempo, por exemplo, uma moça lhe pedia com muito jeito, à guisa de sugestão: "Eu lavo você, meu bem, ou você mesmo se lava?", e isso acontecia em pé, em cima da pia, ela ensaboava o seu pênis e ao mesmo tempo se distraía com ele, para acelerá-lo. Era muito raro que ela lavasse a sua bunda à força, isso era para os privilegiados. Agora, é a higiene acima de tudo, porque fica com cara de assistência social e de conscientização. Ela manda você se sentar no bidê e lava sua bunda por obrigação, porque o nível de vida subiu e isso é acessível a todos. O senhor pode se informar: isso só apareceu há quinze, vinte anos, quando todos passaram a ter acesso aos frutos do trabalho e da expansão. Antes, nunca uma puta ensaboava o seu ânus. Era excepcional, coisa para especialistas. Agora, todo mundo é especialista, sabe-se tudo, por causa da publicidade, sabe-se o que é bom. A publicidade valoriza a mercadoria. O luxo, o beijo grego, tornou-se bem de primeira necessidade. As moças sabem que o cliente exige o beijo grego, que ele está informado sobre a mercadoria, sobre seus direitos.

É possível, mas não consigo me habituar com isso por causa de meus problemas de personalidade. Não peço para ser tratado como um ser diferente, ao contrário, mas sinto depreciação, desperdício, me sinto terrivelmente banalizado quando Claire, Iphigénie ou Loretta me manda me sentar no bidê e começa a me ensaboar o cu, quando na verdade eu vou lá para ter companhia feminina. Portanto, fico cada vez mais tentado, pensando numa vida a dois, a me livrar de meu píton que afasta de mim os valores femininos autênticos e permanentes. Mas tomar essa decisão torna-se cada dia mais difícil, pois quanto mais sou ansioso e infeliz, mais sinto que ele precisa de mim. Ele compreende isso e se enrola em mim, em todo o seu comprimento e o melhor que pode, mas às vezes acho que não tem o tamanho suficiente e eu gostaria de mais metros e metros. É a ternura que faz isso, ela escava, abre lugar por dentro mas não está lá, então isso cria problemas de interrogação e de por quê.

O que faz com que tudo se enrole e enrole, e há dias em que Gros-Câlin dá tantos nós que já não consegue se soltar de si mesmo e isso dá ideias suicidas, por causa do ovo de colombo e do nó górdio. Para ilustrar o exemplo, até mesmo um par de sapatos bom em todos os aspectos tem esse problema, quando se puxa uma ponta do cadarço e isso apenas cria mais um nó. A vida é cheia de exemplos, estamos bem servidos. Por exemplo, justamente uma delicadeza elementar me impede de me aproximar da srta. Dreyfus balançando um pouco os ombros e enfiando minha camisa sob o cós da calça com naturalidade e de lhe propor sairmos, assim, olhando direto nos olhos, um cara bem machão que assume riscos e puxa a ponta do cadarço sem saber no que vai dar e nem se aquilo apenas vai criar mais um nó. Portanto, admito que uma delicadeza elementar me impede de tomar a dianteira, sem rodeios, junto à srta. Dreyfus pois ela se magoaria em seu sentimento de igualdade, pensaria que sou racista e que me permito lhe propor ficarmos juntos porque ela é uma negra e que por isso "podemos ir em frente já que estamos entre iguais" e que eu exploro assim nossa inferioridade e nossas origens comuns.

Vão me dizer que puxando às vezes a ponta do cadarço todos os nós se desfazem assim, de uma só vez, crrac!, como em Maio de 68, mas em maio de 68 eu senti tanto medo que nem saí de casa para ir ao escritório, temia ser secionado, cortado em dois ou três ou quatro como no teatro de variedades, no número de ilusionismo em que isso causa uma baita impressão mas em que o cadarço no final é mostrado exatamente como estava antes.

Também observarei pela última vez sem me aborrecer seriamente, caso isso seja um teste psicológico em vista de meu pleno emprego e de promoção social, que não me desvio nem um pingo, na presente obra sobre os pítons, da direção em que estou caminhando, pois tinha começado a falar com o padre Joseph sobre o problema dos frutos da terra para Gros-Câlin, o que continuo a fazer.

De fato, não há nada mais delicioso e que nos dê sossego do que uma necessidade natural satisfeita. Outro dia, fiz essa experiência. Peguei a mim mesmo em meus braços e apertei. Fechei meus braços em torno de mim mesmo e apertei com força, para ver o efeito afetuoso que isso causa. Eu me apertei em meus braços com toda a força de que sou capaz, fechando os olhos. É muito estimulante, dá um gostinho prévio, mas isso não se compara a Gros-Câlin. Quando você precisa de um abraço apertado para se sentir realizado em suas lacunas, em torno dos ombros sobretudo, e nos quadris, e que você toma perfeita consciência dos dois braços que lhe faltam, um píton de dois metros e vinte faz maravilhas. Gros-Câlin é capaz de me abraçar assim durante horas e horas, e às vezes apenas ergue a cabeça no meu cangote, afasta-a um pouco, vira-se para o meu rosto e me olha fixo nos olhos, escancarando a goela. É sua natureza que faz isso. Essa questão dos frutos da terra deveria figurar no primeiro plano de nossas satisfações. É justamente visando esses poucos conselhos úteis que redijo o presente tratado zoológico.

Uma vez, quando Gros-Câlin precisava ainda mais que de costume dar sua ternura e sua amizade a alguém, pus-me assim de pé sobre o carpete, com os braços estreitamente enlaçados em volta de mim mesmo, como para ajudar minhas duas mãos a se juntarem e a se apertarem, quando ouvi um barulho atrás de mim. Era a sra. Niatte com sua chave, seu balde d'água e sua vassoura. A sra. Niatte, ou Nhate, como se pronuncia, é minha zeladora, que também faz a faxina. Ela me olhou com uma estupefação não disfarçada. Eu logo me soltei por consideração à sua incompreensão e a seus hábitos.

— Essa não, é cada coisa...

É uma francesa.

— Essa não, caramba...

— O quê? O que é que há?

— Há quanto tempo o senhor está assim em pé de pijama, segurando-se nos seus braços bem no meio da sala?

Dei de ombros. Eu não podia lhe explicar que fazia exercícios afetuosos para me preparar para um longo dia no meio ambiente. Há pessoas que estão tão longe disso que nem sequer o sentem.

— E daí? É ioga.

— Io...?

— ... Ga. Eu me abraço.

— O senhor se...?

— Eu me abraço, está no dicionário. Isso existe, não inventei. É a comunhão com alguém, alguma coisa. São o que a gente chama, em linguagem corrente, exercícios afetuosos. A gente se abraça.

— A gente...

— É a última posição à que a gente recorre, na ioga, quando já se pôs em todas as posições e que não resta mais nada. A senhora encontra tudo isso nos cartazes de como viver na Grande Paris — os socorristas, e tudo o mais. O boca a boca.

— É bom para quê?

— É bom para a qualidade de vida.

— Ah, bom.

— Sim, a vida pede estímulo.

Sou obrigado a poupá-la, a não perturbá-la, por causa de Gros-Câlin. É muito difícil encontrar uma pessoa que aceite limpar um apartamento onde há um píton em liberdade. Os pítons são muito malvistos pelos outros. As pessoas não gostam de se sentir desprezadas ou acusadas, quando isso não é culpa delas.

Antes da sra. Niatte, eu tinha uma faxineira portuguesa, por causa do aumento do nível de vida na Espanha. A primeira vez que ela deveria vir, fiquei em casa para não amedrontá-la e habituá-la a Gros-Câlin. Mas quando ela subiu, não encontrei Gros-Câlin em lugar nenhum. Ele gosta de se enfiar em todo tipo de lugar inesperado. Vasculhei tudo: nada, nem vestígio. Eu já começava a me afligir com angústia e confusão, era o pânico, tinha certeza de que alguma coisa me acontecera. Mas logo sosseguei. Ao lado de minha mesa de trabalho há uma grande cesta para minhas cartas de amor. Sempre as jogo ali, depois de tê-las escrito. Eu estava concentrado em procurar debaixo da cama quando ouvi a portuguesa dar um berro horroroso. Precipitei-me: meu píton se erguera na cesta de papel e se balançava amavelmente olhando para a brava mulher.

Vocês não têm ideia do efeito que isso causa. Ela começou a tremer e depois caiu dura no chão e quando joguei um pouco de água Évian em cima, começou a se torcer e a ulular, os olhos revirados, achei que ia morrer sem arrumar as coisas. Quando recobrou os sentidos, correu direto para a polícia e lhes disse que eu era um sádico e um exibicionista. Tive de passar duas horas na delegacia. A portuguesa quase não falava francês, por causa da imigração selvagem, ela gritava "monsieur sadista, monsieur exibicionista", e quando eu disse aos policiais que tudo o que eu tinha lhe mostrado era o meu píton e que, aliás, a chamara para isso, de propósito, para que ela pudesse se acostumar, eles se esbodegaram de rir, eu não conseguia dizer uma palavra, eram uns hi! hi! hi! e uns ho! ho! ho! por causa do espírito gaulês libidinoso. O delegado apareceu ao ouvi-los rir, pensando que eram brutalidades policiais nos jornais. A mão de obra estrangeira continuava a berrar, "sadista, exibicionista", e eu logo disse ao delegado que tinha mandado a pessoa ir a minha casa para acostumá-la a ver o meu píton, mas que ele se levantara inesperadamente, sem premeditação de minha parte, e que tinha mais de dois metros de comprimento, daí a surpresa. E eis que o delegado também começa a rolar de rir, tentando se segurar "pff, pff", enquanto os tiras davam asas à sua alegria.

Fiquei furioso.

— Bem, se não acreditam em mim, vou lhes mostrar aqui mesmo — disse eu, e nisso o delegado parou de rir e me informou que um gesto assim podia me levar muito longe.

Era um atentado aos bons costumes no exercício de suas funções. Os bons costumes também pararam de rir e me olhavam, havia até um negro entre eles que não ria. Sempre acho meio esquisito ver um negro de uniforme francófono, por causa da srta. Dreyfus, dos meus sonhos, do suave sotaque das ilhas e da alegria de viver. Mas não amoleci, peguei em minha carteira o que meus colegas chamam de minhas "fotos de família". Escolhi ao acaso um instantâneo de Gros-Câlin deitado em meus ombros, com a cabeça encostada no meu rosto, é a foto que prefiro, porque há nela como que um fim do impossível, com fraternidade entre os reinos.

Tenho outras fotos de Gros-Câlin, em cima da minha cama, ao lado das minhas pantufas, na poltrona, e mostro-as de bom grado, não para me fazer notar, mas para interessar, pura e simplesmente.

— É isso — disse-lhes. — Há, como estão vendo, um mal-entendido. Não falo de mim, falo do píton aqui presente. Esta senhora, por mais que seja estrangeira, deve mesmo assim saber distinguir entre um píton e um homem e tudo o que se segue. Mais ainda porque Gros-Câlin tem dois metros e vinte de comprimento.

— Gros-Câlin? — repetiu o delegado.

— É o nome do meu píton — disse-lhe.

Os guardas recomeçaram a rir às gargalhadas e me zanguei seriamente, o que em mim se traduz por suores de angústia.

Tenho um medo pânico da polícia, por causa de Jean Moulin e de Pierre Brossolette. Até me pergunto em certos momentos se não adotei um píton para que se note menos isso. Para desviar a atenção. É bem sabido que só há um passo da aspiração à expiração. Se fossem a minha casa, porque alguma coisa no meu comportamento parecesse esquisita, veriam imediatamente um píton, que se nota a todo instante num quarto e sala, e não procurariam mais longe, sobretudo porque atualmente Jean Moulin e Pierre Brossolette não viriam ao espírito de ninguém. Sou obrigado a falar disso por causa da clandestinidade, que é um estado natural num aglomerado de dez milhões de coisas.

Também estou de acordo, respeitosamente, com a Ordem dos Médicos, há de fato uma vida antes do nascimento, e é com esse objetivo que lhes dedico meus esforços nesse sentido.

O delegado mostrou as fotos para a imigração selvagem e esta foi obrigada a reconhecer que era mesmo esse Gros-Câlin-aí que ela tinha visto e não o outro.

— Sabe que é preciso uma autorização para ter em casa um píton? — perguntou-me paternalmente o delegado.

Com essa, por pouco não gargalhei. O senhor bem pode imaginar que estou em ordem. E nem sequer há documentos falsos, como na época dos alemães. Verdadeiros, como na época dos franceses. Ele ficou satisfeito. Nada dá mais prazer a um policial do que documentos em ordem. Isso prova que a coisa funciona, ora essa.

— Gostaria de lhe perguntar a título pessoal por que adotou um píton e não um animal mais, como eu diria?

— Mais como eu diria?

— É. Mais próximo de nós, ora. Um cachorro, um lindo pássaro, um canário?

— Um canário? Mais próximo de nós?

— O que chamamos justamente de animais domésticos. Um píton não é, afinal, alguma coisa que se preste à afeição dos seus.

— Senhor delegado, nesses assuntos, o senhor sabe, não se escolhe. São seletividades afetivas. Quer dizer, afinidades eletivas. Suponho que é o que se chama em física átomos recurvos.

— O senhor quer dizer...

— Sim. Encontramos ou não encontramos. Não sou dos que põem um anúncio no jornal de vinte linhas desejando encontrar uma moça de boa família, 1m67, castanho-clara, olhos azuis, narizinho arrebitado e que ama a *Nona sinfonia* de Bach.

— A *Nona sinfonia* é de Beethoven — disse o delegado.

— É, eu sei, mas é hora de mudar isso... Nos encontramos, não nos encontramos. É assim que são as coisas. Em geral o homem e a mulher que estão predestinados não se encontram, é o que se chama destino, justamente.

— Desculpe?

— Está no dicionário. *Fatum*, *factotum*. Não é possível escapar. Sou extremamente informado sobre isso. A tragédia grega. Até me pergunto às vezes se não tenho origens gregas. É sempre alguma outra pessoa que encontra alguma outra pessoa, isso faz parte do vestibular, que justamente vai ser suprimido por causa disso.

O delegado parecia perder pé.

— O senhor tem um jeito de circular muito curioso — ele disse. — Desculpe, um jeito de pensar circular, quero dizer.

— É, isso cria rodas, anéis, eu sei — disse. — A primeira regra de um procedimento intelectual sério é se agarrar ao próprio assunto. Diz-se "a tragédia grega" mas não se diz "a felicidade grega".

— Não vejo o que a política tem a ver com essa história — disse o delegado.

— Absolutamente nada. Foi o que tentei explicar ao nosso rapaz do escritório.

— Ah?

— É. Ele quis a todo custo me levar para uma "manif". Ponho essa palavra entre aspas porque eu apenas cito. Não estou nisso, não me meto nesse rolo. São histórias de muda, tudo isso, para trocar de pele, mas é sempre a mesma, pseudo-pseudo. O destino, o senhor sabe como é. É isso, a Grécia.

O delegado não estava entendendo nada, por hábito.

— Tem certeza de que não está se enrolando? — perguntou.

— Não. Conheço meu assunto, pode ir em frente. Os pítons são a título definitivo. Eles passam pela muda, mas sempre recomeçam. Foram programados assim. Trocam de pele, mas voltam à mesma, um pouco mais fresca, só isso. Seria preciso perfurá-los de outra maneira, programá-los sem nenhuma relação, mas o melhor é que seja alguma outra pessoa que programe alguma outra pessoa, com o efeito de surpresa, para que dê certo. A esse respeito, houve um início de mancha no Texas, de que talvez o senhor tenha ouvido falar pelos jornais. Ainda nunca se tinha visto isso, o que me emocionou por causa da esperança, mas se apagou. Se alguma outra pessoa experimentasse realmente alguma outra pessoa, em algum outro lugar, por causa do meio ambiente — eles chamam isso de "quadro de vida" para que se perceba menos —, acho que talvez houvesse uma mudança interessante. É preciso estar interessado. Os pítons foram programados com um desinteresse absoluto, assim, bum. Por isso eu não fui lá, e não lhe digo isso para me defender, porque o senhor é um representante da ordem. Eles deviam ser uns cem mil numa passeata entre a Bastille e o Mur des Fédérés, por causa das tradições, dos hábitos, para não atrapalhar as dobras dobradas, aquilo teria chegado a três quilômetros de comprimento de cabo a rabo, ao passo que eu, eu cuido de dois metros e vinte, a dimensão Gros-Câlin, que é como eu chamo isso. Bem, dois metros e vinte e dois, quando ele quer. Ele consegue ganhar dois centímetros quando faz um esforço.

— E como ele se chama, o seu rapaz do escritório?

— Não sei. A gente não se familiarizou o bastante. Três quilômetros ou dois metros e vinte, sabe, não é importante, não é uma questão de dimensão na desgraça. Eu disse ao rapaz do escritório que o tamanho não adianta nada, que é sempre um píton. É a natureza.

— O senhor tem ideias saudáveis — disse a desgraça. O delegado, desculpe. — Se todas as pessoas pensassem como o senhor poderíamos nos arranjar. Aos jovens de hoje falta profundidade.

— É por causa das ruas.

— Das...?

— Das ruas. É sempre na superfície, a rua, é superficial, do lado de fora, no exterior. Eles fazem isso nas ruas. É preciso cavar em profundidade, de dentro, no escuro, em segredo, como Jean Moulin e Pierre Brossolette.

— Quem?

— O rapaz do escritório estava furioso. Disse-me que eu era uma vítima.

— Como se chama o rapaz do escritório?

— Ele me disse que o meu píton era como as consolações da Igreja e que eu devia rastejar fora do meu buraco e me desenrolar livremente ao sol em todo o meu comprimento. Bem, ele não disse isso assim, o tamanho não lhe interessa.

— É um francês, pelo menos?

— Ele até tentou me lisonjear dizendo que eu era um ato contra a natureza, mas entendi muito bem que ele só tentava me agradar.

— O senhor deveria vir me ver de vez em quando, sr. Cousin, aprendemos coisas consigo. Mas tente pegar os nomes e os endereços. É sempre útil fazer amigos.

— Eu observei a ele que os erros da natureza não se corrigem com armas na mão.

— Espere, espere. Ele lhe falou com armas na mão?

— Não, de jeito nenhum. As mãos nuas. As mãos nuas são a especialidade dele. Ele distribui aquilo a todo mundo. Isso me veio assim, sem mais nem menos, por causa do voo da imaginação. Armas na mão, pense bem, quando se trata de pítons são efeitos vibratórios. Oratórios. Armas na mão é uma expressão da linguagem, uma velha locução francófona com hábito.

— E o que ele disse quando o senhor o ameaçou?

— Ele ficou furibundo. Disse que eu era um feto que se recusava a nascer ao ar livre e foi aí que me falou de abortório, a respeito da posição tomada pelo professor Lortat-Jacob, da Ordem dos Médicos, o senhor sabe.

— Quem?

37

— É um grande francês, ele não sofre mais. Ele não tem rigorosamente nada a ver. Eu disse a ele: "Bom, bem, mas o que você faz para me fazer nascer?".

— Ao professor Lortat-Jacob? Mas não se trata de um médico obstetra! É um famoso cirurgião! Um dos maiores!

— Justamente, há a questão da cirurgia que se coloca. Como disse o rapaz do escritório no corredor do nono andar, nesse "ato de nascimento" há um ato. Uma intervenção cirúrgica. Uma cesariana, se preferir. É para sair. Não há saída, então é preciso praticar a abertura. Está entendendo?

— É evidente que estou entendendo, sr. Cousin, se não entendesse não teriam me nomeado delegado no quinto distrito. Aqui são os estudantes, as universidades. É preciso entendê-los, se quisermos que dê tudo certo.

— Pois é, então, com essa, ele realmente perdeu as estribeiras. Quando me recusei a desenrolar-me por três quilômetros de extensão da Bastille até o Mur des Fédérés, com folclore. Foi lá que ele voltou a me chamar de ato contra a natureza... Ele me jogou na cara que eu tinha medo de nascer, que eu apenas fazia de conta, e até me tratou de pobre babaca, o que sempre dá prazer quando isso anda em falta. E foi embora. Quando saiu, eu lhe disse que eu era certamente um ato contra a natureza assim como tudo o que está à espera e que eu me orgulhava de sê-lo e que quando a gente respira é para aspirar e que aspirar é um ato contra a natureza como os primeiros cristãos e que de natureza eu já estava de saco cheio, com o devido respeito, e que precisava de ternura e de afeição e de amizade e merda.

— Fez muito bem e o felicito. A polícia está aí para isso, justamente.

— Eu não disse que o senhor é contra a natureza, senhor delegado, diga-se de passagem, sem melindrá-lo. Eu crio uns nós o tempo todo, por causa da minha atitude intelectual, simplesmente me grudo no meu assunto, então o senhor achou que eu lhe fazia uma gentileza. A polícia, ao contrário, é uma coisa perfeitamente natural e é bem da nossa terra.

— Fico feliz ao ouvi-lo dizer isso, sr. Cousin.

— Pois é. O senhor me perguntou por que adotei um píton e eu lhe disse. Tomei essa decisão afável a meu respeito durante uma viagem com tudo incluído à África, com minha futura noiva, a srta. Dreyfus, que tem as mesmas origens. Fiquei muito impressionado com a floresta virgem. Umidade, podridão, vapores... as origens, sabe. Depois de ter visto isso, compreende-se melhor. As efervescências, as proliferações... É engraçado, a natureza, quando a gente pensa em Jean Moulin e em Pierre Brossolette...

— Espere, espere. Que nomes mesmo?

— Não, ninguém, estou falando assim por falar, no sentido figurado. Não há razão para se inquietar. Eles já estão no ponto.

— Se bem entendo, o senhor adotou seu píton por causa desse encontro com a natureza, num momento de comunhão?

— Escute aqui, eu tenho angústias. Terrores abjetos. Tenho momentos em que não acredito que vá dar outra coisa. Que o fim do impossível não é algo francês. Descartes, no grande século, ou alguém assim, deve ter dito, tenho certeza, uma coisa formidável, que eu não conheço, mas mesmo assim resolvi encarar a verdade de frente para ter um pouco menos medo. Meu grande problema, senhor angústia, é o delegado.

— O senhor não tem nada a temer. Está aqui numa delegacia de polícia.

— Então, quando vi o píton diante do hotel, em Abidjan, compreendi imediatamente que éramos feitos um para o outro. Ele estava a tal ponto enrolado sobre si mesmo, que eu via direitinho que ele tentava desaparecer por dentro, se retrair, se esconder, de tanto medo que sentia. Só vendo as carinhas de nojo que as senhoras do nosso grupo organizado faziam ao olhar para o pobre bicho. A não ser a srta. Dreyfus, justamente. Outro dia, ela até reparou em mim, nos Champs-Élysées. No dia seguinte, no escritório, ela me fez sentir isso, muito discretamente. Ela me disse: "Eu o vi no domingo nos Champs-Élysées". Em suma, adotei imediatamente o píton, sem sequer perguntar quanto era. De noite, no hotel, ele rastejou por cima da cama e me abraçou com um grande carinho, e aí o chamei assim, *Gros-Câlin*. Quanto à srta. Dreyfus, ela vem da Guiana e deve seu sobrenome à francofonia, pois por lá o falso capitão Dreyfus, que não era culpado, é muito popular, por causa do que fez pelo país.

Eu gostaria de prolongar essa conversa, porque talvez houvesse ali uma amizade nascendo, por causa da incompreensão recíproca entre as pessoas, que assim sentem que têm algo em comum. Mas o delegado parecia exausto e me olhava com uma espécie de medo, o que nos aproximava ainda mais, porque eu também tinha um medo pânico dele. No entanto, com a mão trêmula ele fez um esforço para se interessar por mim.

— O senhor tem um selinho de licenciamento do carro? — ele me perguntou.

Todo ano eu pago esse licenciamento para sentir que breve vou ter um carro, para o otimismo. Eu lhe expliquei tudo isso.

— Se quiser, podemos ir ao Louvre juntos, domingo — propus a ele.

Ele pareceu mais assustado ainda. Eu o fascinava, era evidente. Isso está em todos os livros. Eu estava ali, em pé diante dele sentado, aproximei-me cada vez mais, como quem não quer nada, dando voltas, e já fazia meia hora que ele se interessava por mim. Eu me afeiçoo muito facilmente. Em mim, é uma necessidade de proteger, de me oferecer a uma outra pessoa. E um delegado de polícia é de fato uma outra pessoa. Ele parecia constrangido talvez porque eu lhe demonstrasse simpatia. Nesses casos, em geral a gente olha para o outro lado.

É a dignidade humana que faz isso, como para os mendigos. A gente olha para outro lugar. Aliás, o grande poeta François Villon previu isso num verso, *Frères humains qui après nous vivez...* Previu o futuro, os irmãos humanos. Que haverá um dia.

Ele se levantou.

— Bem, vou almoçar...

Não era um convite, mas mesmo assim ele pensava nisso. Peguei um lápis e escrevi meu nome e endereço, para as rondas de polícia, de vez em quando.

— Isso me daria muito prazer. A polícia dá segurança.

— Atualmente tenho uma certa carência de homens.

— Compreendo, eu sei. O estado de abstinência.

Ele apertou minha mão muito depressa e foi embora, *almoçar*. Sou eu que sublinho, para que se veja que não perdi o fio e que tudo se sustenta, pois era justamente disso que eu falava, dessa questão dos frutos da terra.

Por isso era preciso encontrar outra coisa para alimentar Gros-Câlin, eu não queria lhe servir camundongos e porquinhos-da-índia, isso me deixava doente. Aliás tenho o estômago muito sensível.

Foi o que expus ao padre Joseph. Vê-se, portanto, que sei perfeitamente onde estou, a todo instante, e por sinal esse é todo o meu problema.

— Eu me sinto incapaz de alimentá-lo. A ideia de lhe dar um pobre ratinho branco para comer me deixa doente.

— Faça-o comer ratinhos cinza — disse o padre.

— Cinza ou brancos, para mim dá no mesmo.

— Compre um monte de ratinhos. Assim vai reparar menos neles. É porque você pega um por um que presta tanta atenção. A coisa se torna pessoal. Pegue um bocado de anônimos, o que lhe causará muito menos efeito. Você olha de perto demais, isso individualiza. Sempre é mais difícil matar alguém que a gente conhece. Fui capelão durante a guerra, sei do que estou falando. Mata-se muito mais facilmente de longe sem saber quem é, do que de perto. Os aviadores, quando bombardeiam, sentem menos. Veem tudo de muito alto.

Ele chupou por um instante seu cachimbo, pensativo.

— E além disso, o que quer que eu faça — disse. — É a natureza. Toda pessoa deve comer o que aprecia. O apetite, sabe...

Suspirou, por causa da fome no mundo.

O que me transtorna com os ratinhos é o lado inexpressível deles. Eles têm um medo atroz do mundo imenso que os cerca e dois olhos menores do que cabeças de alfinete para expressá-lo. Eu, eu tenho grandes escritores, gênios pictóricos e musicais.

— Está muito bem expresso na *Nona sinfonia* de Bach — eu disse.

— De Beethoven.

Um dia desses, vou ter um sério ataque de raiva.

Eles não querem que nada mude, é isso.

— Cinza ou brancos, é sempre uma questão de ternura — disse eu.

— Pare de ficar fabulando. Aliás, se minhas lembranças estão certas os pítons não mastigam, eles engolem. Então, sabe, essa questão de ternura não conta.

Não nos entendíamos. E depois, abruptamente, ele encontrou.

— Faça seu animal ser alimentado por outra pessoa.

Fiquei tão espantado de não ter eu mesmo pensado nisso que fui tomado de angústia. Faltava-me alguma coisa, é evidente.

Calei-me, batendo as pálpebras, por causa do espanto. Sempre essa história do ovo de são Colombo. Falta-me simplicidade.

Tentei me recuperar.

— Quando eu falava de ternura, há pouco, não falava de carne tenra — disse.

— O senhor sofre de abundância — disse o padre Joseph. — De excedente, se preferir. E acho um pouco triste, sr. Cousin, que em vez de dar a seus semelhantes o senhor dê a um píton.

Nós nos entendíamos cada vez menos.

— Como, de excedente?

— O senhor explode de amor em vez de fazer como todo mundo, o senhor se joga sobre os pítons e os camundongos.

Ele estendeu a mão por cima da conta e a colocou em meu ombro.

— Falta-lhe resignação cristã — ele disse. — É preciso saber aceitar. Há coisas que nos escapam e que não podemos compreender. É preciso saber admiti-lo. Isto se chama humildade.

De repente, pensei com simpatia no rapaz do escritório.

— Não podemos, sr. Cousin, curar os pítons da repugnância que inspiram e os ratinhos, de sua fragilidade. O senhor sofre de uma necessidade que começou mal e vai se perder não sei onde. Case-se com uma jovem simples e trabalhadora que lhe dará filhos e então já não pensará nas leis da natureza, o senhor vai ver.

— É uma estranha mulher essa que o senhor me propõe — disse eu. — Não quero nenhuma assim. Quanto lhe devo?

Eu disse isso ao garçom.

Levantamo-nos de comum acordo e nos cumprimentamos. Havia ali, também, jogadores de bilhar mecânico.

— Mas do ponto de vista prático, a sua solução está mais que encontrada — ele me disse. — O senhor tem uma faxineira? Ela vai alimentar o seu bicho uma vez por semana, quando o senhor não estiver em casa.

Ele hesitou um momento. Não queria ser desagradável. Mas não pôde deixar de sê-lo, ao sair.

— Sabe, há crianças que morrem de fome no mundo — disse. — O senhor deveria pensar nisso de vez em quando. Vai lhe fazer bem.

Ele me esmagou e me deixou ali na calçada ao lado de uma guimba. Voltei para casa, deitei-me e olhei para o teto. Precisava tanto de um abraço amigo que quase me enforquei. Felizmente Gros-Câlin estava com frio, eu tinha astuciosamente desligado a calefação, de propósito, e ele veio me envolver, ronronando de prazer. Bem, os pítons não ronronam mas eu imito isso muito bem para permitir-lhe expressar seu contentamento. É o diálogo.

No dia seguinte, corri para o escritório uma hora mais cedo, quando eles estão limpando, para ver o rapaz do escritório, simplesmente vê-lo, com a cabeça que ele tem, o rosto, afinal isso não acontece todo dia. À entrada, o encarregado me disse que ele não estava, que estava no treinamento. Não quis perguntar que tipo de treinamento era, para não saber.

Ao voltar para casa, como de costume, fui me sentar ao lado de um homem decente, que me inspirasse confiança em mim mesmo. Ele pareceu desconfortável, o vagão estava meio vazio e ele me disse:

— O senhor não poderia se sentar em outro banco, afinal, está cheio de lugar?

É o constrangimento, por causa do contato humano.

Uma vez, foi até engraçado, entramos juntos um senhor decente e eu num vagão para Vincennes completamente vazio, e nós sentados um ao lado do outro na banqueta. Aguentamos firme por um momento e depois nos levantamos ao mesmo tempo e fomos sentar em bancos separados. É a angústia. Consultei um especialista, o dr. Porade, que me disse que era normal sentir-se sozinho numa grande aglomeração quando há dez milhões de pessoas que vivem em torno de você. Li que em Nova York há um serviço telefônico que lhe responde quando você começa a se perguntar se tem mesmo alguém do outro lado da linha, uma voz de mulher fala com você e o tranquiliza e o estimula a continuar, mas em Paris, não só os Correios e Telégrafos não falam com você quando você pega o gancho, como nem sequer se consegue o sinal de discar. Esses pilantras lhe dizem a verdade, assim, friamente, não se consegue o sinal de discar, nada, e eles até fazem campanha contra os bordéis, por causa da dignidade humana, que aparentemente é uma questão de cu. É a política de grandeza que cria isso. Não preciso dizer que em meu estado não tenho que julgar o que é bom ou ruim para a prosperidade do abortório, não me permitiria criticar nossas instituições. Quando estamos dentro delas, não podemos estar fora. Procuro simplesmente dar o máximo possível de informações, visando uma investigação ulterior, talvez. Mais tarde sempre haverá cientistas que se ocuparão disso, para tentar explicar como aconteceu.

Também sei que há uma imensa escolha na natureza, as flores, os voos de gansos selvagens, cachorros, e que quando se trata de alguém para amar, um pobre píton na grande Paris não interessa a ninguém.

Foi nesse espírito que tomei a decisão de empreender uma campanha de informação, de ensinar, demonstrar, me fazer entender. Foi uma resolução imensa, que não mudou nada, mas foi muito importante para a resolução, que é uma grande virtude.

Uma manhã, portanto, quando lá fora fazia um dia especialmente bonito, peguei Gros-Câlin nos ombros e fui para a rua. Passeei por todo lado com meu píton, de cabeça erguida, como se fosse natural.

Posso dizer que cheguei a provocar interesse. Nunca fui objeto de tanta atenção. Cercavam-me, seguiam-me, dirigiam-me a palavra, perguntavam-me o que ele comia, se era venenoso, se mordia, se estrangulava, enfim, perguntas amistosas de todo tipo. São sempre as mesmas, quando as pessoas observam pela primeira vez um píton. Gros-Câlin, enquanto isso, dormia: é seu jeito de reagir às emoções fortes. Às vezes, é claro, faziam-nos reflexões desagradáveis. Uma mulher peituda disse, elevando a voz:

— Esse aí tenta chamar atenção.

Era verdade. Mas o que se deve fazer, afogar-se?

Passei desde então dias inteiros passeando nas ruas com Gros-Câlin. O que causa os preconceitos, os ódios, o desprezo, é a falta de contato humano, de relações, as pessoas não se conhecem, é isso. Eu fazia, em suma, uma turnê de informação. Fisicamente, Gros-Câlin é muito bonito. Lembra um pouco uma tromba de elefante, é muito afável. À primeira vista, é claro, pensam que ele é outra pessoa. Para ser sincero, acho que ele ganha imensamente em ser conhecido. Eu respondia com polidez às perguntas — a não ser, devo confessar, quando me perguntavam o que ele come, isso me tira do sério, a gente é como é, santo Deus! — mas em geral evitava a lenga-lenga, para não parecer que estava fazendo propaganda. As pessoas precisam se orientar pouco a pouco, aprender a se entender entre si, e que isso lhes venha por si mesmas.

Meus passeios por Paris com Gros-Câlin chegaram ao fim quando a polícia se meteu. É proibido perturbar a ordem pública mostrando bichos ditos perigosos nas ruas.

Mas passemos a uma descrição mais exata do objeto de nosso estudo.

O mais terrível, a esse respeito, é o caso de um senhor que morava no 37, um aposentado. Viram-no fazer abruptamente uma cara pavorosa e ele, que nunca falava com ninguém para não dar a impressão de estar implorando, começou a explicar a todos e a cada um que estava desesperado porque seu cachorro, que ele adorava, tinha morrido. Todo mundo se condoeu e depois se lembraram de que ele jamais tivera cachorro. Mas ele foi envelhecendo e desejou dar a impressão de que, pensando bem, tivera e perdera alguém na vida. Deixaram-no falar, afinal de contas, tanto fazia, e ele morreu assim, de tristeza, feliz porque de qualquer maneira tivera e perdera alguém.

Pois é, eu disse que Gros-Câlin é muito bonito. Quando ele rasteja alegremente aqui e ali sobre o carpete, na claridade, suas escamas ficam com lindos tons esverdeados e beges, harmoniosos, que casam muito bem com a cor do carpete, que de propósito escolhi verde-escuro meio lamacento, para lhe dar a impressão de natureza. Não tanto ao carpete, mas a Gros-Câlin e a mim mesmo por causa da importância do quadro de vida. Não sei se os pítons distinguem as cores mas faço o que posso. Ele tem dentes que são levemente inclinados para dentro da goela em oblíquo, e quando pega minha mão para me dar a entender que está com fome, devo prestar atenção para tirá-la suavemente a fim de não arranhá-la. Sou obrigado a deixá-lo sozinho todos os dias, pois não posso de jeito nenhum pegá-lo para ir ao escritório comigo. Isso ia dar o que falar. É uma pena, porque trabalho com estatísticas e não há nada pior para a solidão. Quando você passa seus dias contando aos bilhões, volta para casa desvalorizado, num estado próximo do zero. O número 1 torna-se patético, absolutamente perdido e angustiado, como o cômico tão triste Charlie Chaplin. Toda vez que vejo o número 1, tenho vontade de ajudá-lo a escapar. Esse aí não tem pai nem mãe, saiu da Assistência Pública, fez-se sozinho e tem constantemente em seu encalço, atrás, o zero que quer agarrá-lo, e na frente, toda a máfia dos grandes números que ficam à espreita. O 1 é uma espécie de certidão de pré-nascimento com ausência de fecundação e de óvulo. Sonha em ser 2, e fica o tempo todo correndo, sem sair do lugar, por causa do cômico. São os micro-organismos. Sempre vou ao cinema para ver os velhos filmes de Carlitos e rir como se fosse ele e não eu. Se eu fosse alguém, sempre faria Carlitos representar o 1, com seu chapeuzinho e sua bengalinha, perseguido pelo gordo zero que o ameaça com aquele olho redondo que nos olha e faz tudo o que pode para impedir 1 de se tornar 2. Ele quer que 1 seja cem milhões, não faz por menos, porque para ser rentável é preciso ser demográfico. Sem isso, seria um mau negócio e ninguém iria investir nos bancos de esperma. É assim que Carlitos está o tempo todo sendo obrigado a fugir, e ele se vê sozinho, sem fim e sem começo. Eu me pergunto o que é que ele come.

A vida é um negócio sério, por causa de sua futilidade.

Meus pais me deixaram e foram morrer num acidente de trânsito, e fui mandado, primeiro, para viver com uma família, depois com outra, e mais outra. Eu pensei que legal, vou dar a volta ao mundo.

Comecei a me interessar pelos números, para me sentir menos sozinho. Aos catorze anos, passava noites em claro contando até milhões, na esperança de encontrar alguém, naquela multidão. Terminei nas estatísticas. Diziam que eu era dotado para os grandes números, eu quis me habituar, vencer a angústia, e as estatísticas preparam para isso, acostumam. Foi assim que a sra. Niatte me flagrou um dia em pé no meio do meu habitat, a me apertar sozinho em meus braços, a me beijar, a me ninar quase, é um hábito de criança, sei muito bem e tenho um pouco de vergonha. Com Gros-Câlin é mais natural. Quando topei com ele, logo compreendi que todos os meus problemas afetivos estavam resolvidos.

Porém, tento não pender para um só lado e ter um regime equilibrado. Vou regularmente ver as boas putas e faço questão de proclamar aqui que emprego essa palavra generosa, "putas", com o mais nobre sinal de reconhecimento, de estima pública e de Ordem do Mérito, pois me é impossível expressar aqui tudo o que um homem que vive na clandestinidade com um píton sente às vezes em nossas circunstâncias. É, queiramos ou não, uma maneira de pular o muro. O coração das putas sempre fala com você, basta apurar o ouvido, e nunca lhe diz vá ver se estou na esquina. Eu ponho o ouvido ali em cima e nós dois escutamos, com meu sorriso. Às vezes digo às moças que sou estudante de medicina.

Enquanto isso, me instalo numa poltrona, pego Gros-Câlin e ele põe seu braço de dois metros e vinte de comprimento em torno dos meus ombros. É o que se chama "estado de necessidade", em organismo. Ele tem uma mente inexpressiva, por causa do ambiente original, é claro, pois é a idade da pedra, como as tartarugas, circunstâncias antediluvianas. Seu olhar não exprime outra coisa além de cinquenta milhões de anos e até mais, para terminar num quarto e sala. É uma tranquilidade, é maravilhoso sentir em casa alguém que vem de tão longe e conseguiu chegar a Paris. Isso é coisa de filosofia, por causa da permanência garantida e dos valores imortais, imutáveis. Às vezes, ele mordisca minha orelha, o que é uma travessura comovente, quando se pensa que isso vem da pré-história. Deixo-me levar, fecho os olhos e espero. Terá se entendido há muito tempo, pelas indicações que já dei, que espero que ele vá ainda mais longe, que dê um pulo fantástico na evolução e me fale com voz humana. Espero o fim do impossível. Nós todos temos, e já há tanto tempo, uma infância infeliz.

Volta e meia eu durmo assim, com aquele braço de dois metros de comprimento que me envolve e me protege em absoluta confiança, com o sorriso.

Tirei uma foto de Gros-Câlin dormindo enrolado em mim, na poltrona. Quis mostrá-la à srta. Dreyfus mas fiquei com medo de que ela desista de mim imaginando que eu já estava abastecido. É claro que poderia lhe explicar que não era uma questão de comprimento de braço, somente de aspiração e do sentimento que lhe atribuímos, mas nunca se deve correr o risco de despertar em alguém um sentimento de inferioridade.

No entanto, é evidente que as relações excepcionais que mantenho com Gros-Câlin me custam caro. Muito poucas moças, assim como já expus por experiência própria, aceitariam dividir a vida de um píton. Isso exige muita ternura e compreensão, é uma verdadeira provação, um teste, uma experiência. Para ultrapassar tamanha distância entre uma pessoa e uma outra com píton precisa-se de um verdadeiro impulso. Tenho absoluta certeza de que a srta. Dreyfus é capaz disso, e aliás tem uma vantagem já de saída, por causa de suas origens comuns.

Às vezes acordo na minha poltrona pois Gros-Câlin dorme tão pesado que se arrisca a me estrangular. É a angústia, e tomo dois valiuns, depois volto a dormir. O professor Fischer, em seu livro sobre os pítons e as jiboias, nos diz que eles também sonham. Não nos diz com quê. Mas eu tenho minha convicção a respeito. Tenho certeza de que os pítons sonham com alguém a quem amar.

Em mim, é uma certeza.

Por isso, foi com um objetivo de intuição e compreensão que comecei a ter sonhos de píton. Evidentemente, ninguém pode se pôr em seu próprio lugar, porque nele já está e logo esbarra com a angústia, mas pode se pôr no lugar de outro pelo método simpático. Não posso estar cientificamente seguro de minha descoberta, mas foi assim que cheguei à conclusão de que os pítons sonham com amor.

Logo faço várias constatações perturbadoras.

A primeira coisa que assim descubro é que sou muito bonito. Observam que eu sorrio de prazer. Digo isso com toda a modéstia, porque não se trata de mim. No que me diz respeito pessoalmente, se ouso me expressar assim, um pouco pretensiosamente, fiz um dia essa pergunta a uma boa puta. Uso aqui um termo corrente que peço emprestado aos outros, num objetivo de aproximação e fraternidade, mas não estou de acordo com ele, pois é pejorativo e eu jamais pejoro. Perguntei-lhe o que ela pensava de minha aparência física. Ela pareceu muito espantada, pois imaginava que tinha terminado comigo. Parou na porta e se virou para mim. Uma lourinha que não faria feio em lugar nenhum.

— Hein? O que você me perguntou?

— Como você me acha, fisicamente?

Ela não era obrigada a dizer, pois nossas relações já tinham se encerrado. Mas é um ofício que dá humanidade.

— Deixe ver... Não olhei para você. A gente fica sempre tão ocupada fazendo o serviço...

Olhou-me bem. Gentilmente, nem sim nem não. Ainda bem que não olhara para mim antes, pois eu não iria conseguir, por causa da angústia.

— Bom, sabe... Não é nada mau. Pensando bem, você é até melhor, parece que tem medo de ser comido...

Deu de ombros e riu, mas sem gargalhar.

— Não ligue não, cara. Nunca se deve pensar nisso. E além do mais, sabe, nessas coisas de sexo só os sentimentos é que contam.

Subitamente tive vontade de chorar, como acontece às vezes quando a gente vê algo belo. É sempre maravilhoso quando todas as barreiras caem e nos encontramos todos juntos, nos juntamos. Durante o grande medo, em maio de 1968 — não me atrevi a sair de casa durante três semanas, por causa da esperança, do fim do impossível, eu tinha a impressão de que nem era eu, era Gros-Câlin que sonhava —, vi uma vez, olhando prudentemente pela janela, pessoas que se encontravam no meio da rua e se falavam.

— E além do mais, você, pelo menos, tem um olhar. A maioria das pessoas não tem nada nos olhos, sabe, é que nem os carros que se cruzam de noite, para não ofuscar, bem, tchau.

Foi embora e ainda fiquei uns dez minutos sozinho no quarto. Eu me sentia bem, experimentava uma espécie de euforia e de prologômeno, palavra cujo significado não conheço e que sempre emprego quando quero expressar minha confiança no desconhecido.

O que vinha a calhar, porque no dia seguinte Gros-Câlin começava sua troca de pele. Ele já mudou de pele duas vezes, em seus esforços, desde que vive na minha casa.

Quando começa, fica inerte, parece completamente desanimado com tudo, não acredita em mais nada. Suas pálpebras ficam brancas, leitosas. E depois, sua velha pele começa a estalar e a cair. É um momento maravilhoso, a renovação, reina a

confiança. Claro, é sempre a mesma pele que volta, mas Gros-
-Câlin fica muito contente, ele se remexe, pula para todo lado
no carpete e também me sinto feliz, sem razão, o que é a melhor maneira de ser feliz, a mais segura.

Na STAT, eu cantarolo, esfrego as mãos, corro para um lado e
outro, e meus colegas reparam na minha boa aparência. Com-
pro um buquê de flores para pôr na minha mesa. Faço projetos
para o futuro, depois tudo se acalma. Pego de novo meu sobretudo, meu chapéu, meu cachecol e volto para o meu quarto e
sala. Encontro Gros-Câlin enrolado em si mesmo, num canto.
A festa acabou. Mas é emocionante enquanto dura. E é muito
bom para os pressentimentos, isso encoraja a aspiração no
organismo.

Aliás, meu problema principal não é tanto o meu minha-casa mas o meu casa-dos-outros. A rua. Assim como se observou o tempo todo neste texto, há dez milhões de usuados na região parisiense e a gente sente muito bem que eles não estão lá, mas eu, às vezes tenho a impressão de que são cem milhões que não estão lá, e essa tamanha quantidade de ausência é a angústia. Fico com suores de inexistência mas meu médico me diz que não é nada, o medo do vazio faz parte dos números grandes, é por isso que a gente tenta habituar os pequenos, é a matemática moderna. A srta. Dreyfus deve sofrer especialmente com isso, sendo negra. Somos feitos um para o outro mas ela hesita, por causa de minha amizade com Gros-Câlin. Deve pensar que um homem que se cerca de um píton procura seres excepcionais. Não tem confiança em si mesma. No entanto, pouco tempo depois de nosso encontro nos Champs-Élysées tentei ajudá-la. Fui ao escritório um pouco mais cedo que de costume e esperei a srta. Dreyfus diante do elevador para viajar com ela. Afinal, precisávamos nos conhecer um pouco mais antes de nos decidirmos. Quando a gente viaja junto, aprende montes de coisas uns sobre os outros, se descobre. É verdade que a maioria das pessoas ficam em pé no elevador, sem se olhar, verticais e rígidas, para não parecer que estão invadindo o território dos outros. Os elevadores são uns clubes ingleses, com a diferença de que estamos em pé e há paradas nos andares. O da STAT leva um bom minuto e dez para chegar até nós e se fazemos isso todo dia, mesmo sem nos falar, acabamos, apesar de tudo, formando um grupinho de amigos, de frequentadores do elevador. Os lugares de encontros, isso é capital.

Viajei com a srta. Dreyfus catorze vezes e não perdi uma só vez. Felizmente, não é um elevador grande, justo o necessário para que oito pessoas possam se sentir bem juntas. Mantenho durante o trajeto um silêncio expressivo, para não ficar parecendo mestre de cerimônias nem o Gentil Organizador dos clubes de viagem, e porque cinquenta segundos não são suficientes para que me compreendam. Quando saímos no nono, diante da STAT, a srta. Dreyfus me dirigiu a palavra e foi logo direto ao assunto.

— E o seu píton, ainda o tem?

Assim, bem direto. Olhando-me reto nos olhos. As mulheres, quando querem alguma coisa...

Senti o fôlego cortado. Ninguém nunca me fez insinuações. Eu não estava nem um pouco preparado para esse ciúme, para esse convite a escolher, "ele ou eu".

Fiquei a tal ponto abalado que cometi uma gafe. Uma gafe terrível.

— Sim, ele continua a viver comigo. Sabe, na aglomeração parisiense, é preciso alguém para amar...

Alguém para amar... Só mesmo sendo um idiota para dizer isso a uma moça. Pois o que ela compreendeu, por causa da incompreensão natural, é que eu já tinha alguém, muito obrigado.

Lembro-me perfeitamente. Ela usava botas até o meio das coxas e uma minissaia de alguma coisa. Uma blusa laranja.

Ela é muito bonita. Eu poderia torná-la ainda mais bonita, em minha imaginação, mas não o faço, para não aumentar as distâncias.

O número de mulheres que eu teria tido se não vivesse com um píton em casa é uma loucura. A dificuldade de escolha é a angústia. Não quero, porém, que se imagine que peguei um réptil universalmente reprovado e rejeitado para me proteger. Fiz isso a fim de ter alguém para... Peço-lhes desculpa. Isso escapa ao meu propósito, aqui, que é a história natural.

Ela me olhou de um certo jeito quando eu lhe disse que já amava alguém. Não parecia, porém, humilhada, magoada. Não, nada. Os negros em Paris têm muita dignidade, por causa do hábito.

Até me sorriu. Era um sorriso meio triste, como se estivesse pesarosa. Mas os sorrisos costumam ser tristes, é preciso pôr-se no lugar deles.

— Bem, até logo, muito prazer.

Muito polidamente, dando-me a mão. Eu deveria tê-la beijado, isso se fazia antigamente, e não há por que não. Mas me arriscava a parecer antediluviano, e isso, nunca.

— Bem, até logo, e obrigado.

E depois foi embora de minissaia.

Fiquei ali, decidido a abrir o gás. Tinha vontade de morrer, à espera de coisa melhor. Para tanto, dispunha-me a retomar minhas ocupações quando o rapaz do escritório passou ali, com cinco cestas de lixo uma em cima da outra, como um esportista.

— O que está fazendo aqui, Gros-Câlin? Você está com uma cara!

Todos me chamavam de Gros-Câlin, na agência, por causa do espírito. Não acho isso engraçado mas vamos vivendo, ora bolas.

— Mas, afinal, o que é que aconteceu?

Eu bem que evitei lhe fazer confidências. Não sei por quê, mas desconfio desse cara. Ele até me dá um pouco de medo. Sempre tenho a impressão de que tem intenções. Ele me perturba. Mas, bem, isso é papel da polícia, não cabe a mim cuidar disso. É o tipo de pessoa que faz de conta que está ali como na própria casa, embora a gente saiba muito bem que não é verdade, que ele faz de conta. Desconfio dos que procuram o tempo todo pôr a culpa em você. Esse rapaz tem sempre cara de informado, com suas olhadelas espertas à francesa, com lampejos de ironia e clarezas, como para lhe dizer que ele, sim, conhece o jeitinho, e que a gente pode se dar bem, basta avançar.

Não gosto desse jeito indignado que ele tem de me olhar. Parece até que o trato mal. Tenho minha dignidade, não permito a ninguém me desrespeitar.

— A propósito — disse atrás dos seus cestos. — Temos uma reunião no sábado à noite. Quer vir? Isso vai distraí-lo.

Uns ambiciosos, todos, com exigências e pretensões. No fundo, é até mesmo fascismo. Não é que eu seja contra o fascismo sem esperança para todo mundo, porque nesse caso, ao menos, seria a verdadeira democracia, a gente saberia por quê, não haveria mais liberdade, seria o impossível, teríamos desculpas. Parece até que há pessoas que têm tanto medo da morte que acabam se suicidando, por causa da tranquilidade.

— É às oito e meia, na Mutualité. Venha. Assim você vai sair do seu buraco.

Se há uma coisa que me humilha é que se fale mal do meu habitat. Tenho-o em altíssima conta. Cada coisa, cada objeto, móveis, cinzeiro, cachimbo, é um amigo duradouro. Encontro-os toda noite no mesmo lugar onde os deixei, e isso é uma certeza. Posso contar com eles, sem a menor dúvida. É uma angústia a menos. A poltrona, a cama, a cadeira, com um lugar para mim no meio, e quando aperto um botão faz-se a luz, tudo se ilumina.

— Meu apartamento não é um *buraco* — eu lhe disse. — Não vivo num *buraco*, em lugar nenhum. Estou muito bem instalado, com endereço.

— Você está tão lá dentro que nem consegue ver — ele retrucou. — Não é que eu me interesse por você, não tem por que se zangar, mas me faz mal ver você. Pois é, venha conosco no sábado. Olhe, estou com as mãos ocupadas, pegue esta folha no meu bolso, tem o dia e a hora. Você vai espairecer.

Ainda assim, hesitei um instante, por causa de minha fraqueza. Não se sabe o suficiente que a fraqueza é uma força extraordinária e que é muito difícil lhe resistir. E não queria tampouco ser visto como uma espécie de egoísta que só se interessa pelo seu píton. Na mesma ordem de ideias, também não sou o tipo de sujeito que iria dar a Jesus Cristo o Prêmio Nobel de Literatura. E minha temperatura é, por estranho que pareça, 36,6°, embora eu sinta alguma coisa como 5° abaixo de zero. Penso que essa falta de calor poderá ser remediada um dia pela descoberta de novas fontes de energia independentes dos árabes, e que como a ciência tem resposta para tudo, bastará a gente se ligar numa tomada para se sentir amado.

Tudo isso me parece tão óbvio e peremptório que até escrevi a alguns editores selecionados a seguinte carta, embora minha obra ainda esteja no estado do cru e da cria, com uma extrema prudência, a sufocação no ovo sendo aqui um dos métodos mais correntemente empregados.

Senhor,
Dirijo-lhe em anexo uma obra de observação sobre a vida dos pítons em Paris, fruto de longas experiências pessoais. Não ignoro que abundem as obras sobre a clandestinidade e que todos os estados latentes são estados atentos, mas em caso de não resposta, segundo o costume, vou me dirigir a outro. Queira aceitar.

Adotei de propósito um tom seco e peremptório para meter-lhes medo e levá-los a compreender que tenho outras possibilidades. Não mencionei especificamente essas possibilidades, que é evidente que não tenho, a fim de que pareçam maiores e por assim dizer ilimitadas. Logo me senti melhor, pois não há nada igual às perspectivas ilimitadas.

Ter-se-á observado que não mencionei as mulheres na minha carta, para não lhe dar um tom demasiado confessional.

Eu acabava de pousar minha caneta quando bateram. Corri depressa para dar uma penteada e arrumar o nó da minha gravata-borboleta amarela de bolinhas azuis, como sempre faço quando alguém se engana de porta. Mas qual não foi minha surpresa quando vi o rapaz do escritório e dois outros jovens que eu nunca tinha visto no decorrer de meus olhares. O rapaz me estendeu a mão.

— Olá. A gente estava passando por aqui, então pensou: vamos ver o píton. Permite?

Fiquei indignado. Se há uma coisa a que sou apegado é a minha vida privada. Não admito que se entre em minha casa assim, sem aviso prévio. A vida privada é sagrada, é justamente o que na China eles perderam. Eu talvez estivesse vendo televisão ou refletindo livremente, sem qualquer obrigação, ou sonhando com todos os livros que somos livres de publicar na França. A srta. Dreyfus poderia estar aqui e teria sido terrível para ela se alguém do escritório a visse em minha casa e descobrisse nossas relações íntimas. Os negros, aliás, são obrigados a prestar mais atenção do que os outros, por causa de sua reputação.

Eu não disse nada mas era a angústia, sem razão, pois por sorte a srta. Dreyfus não estava lá.

Entraram.

Nem sequer tive tempo de tirar da parede as fotos de Jean Moulin e de Pierre Brossolette. Não gosto que caçoem de mim, como todo mundo. E primeiro, para viver num aglomerado de dez milhões de habituados — e me desculpo por repeti-lo, faço-o para me acostumar se possível —, é preciso ter alguma coisa de bem seu, coisas, troços, um pode ter uma coleção de selos postais, outro, devaneios, seu pequeno mundinho, uma vida interior. Mas sobretudo, não quero que ninguém, no sentido de realmente ninguém, imagine, ao encontrar as fotos de dois homens verdadeiros na minha parede, imagine que me deleito com dignidade em estados vagos e aspiratórios, a que chamamos ardilosamente fazer a cabeça de alguém, para facilitar a lavagem de cérebro. E que se não tivesse havido em seguida lavagem de cérebro teriam continuado a fazer a cabeça.

É o que os fascistas chamam de "continuar a crer e a esperar". Isso é o pior desses troços fascistoides, e leva direto à política e a todo tipo de coisa espinhosa, como a primavera de Praga para invernos russos. Quando vejo Gros-Câlin completamente enrolado em si mesmo, enroscado, quilos de nós, é aí que mais aprecio minha liberdade e os direitos de que gozo quando estou em casa, no meu forte íntimo. De qualquer maneira, não podem me acusar de não alimentar nada, porque quando nasci esses dois heróis da Resistência já estavam no outro mundo, no sentido próprio do figurado, o outro mundo, o mundo dos homens, eles já tinham nascido.

Olharam o píton, longamente. Gros-Câlin cochilava na poltrona. Fazia-se de murcho, gênero pneu de bicicleta esvaziado. Ele adora se fazer de murcho. Só estica os músculos para agir, se enroscar, fazer uns nós, rastejar no carpete.

— Pois é, ainda bem que você tem alguém para cuidar de você — disse o rapaz do escritório.

Não retruquei. Tenho horror a deboche.

Um de seus amigos perguntou:

— O que é que ele come?

É uma pergunta que detesto e fiz de conta que não estava ouvindo.

— O que é que um píton come? — ele insistiu.

— Massas, pão, queijo, coisas assim — eu disse.

A ideia de comer camundongos, porquinhos-da-índia, coelhos vivos me é odiosa. Tento não pensar nisso.

— Trouxemos uns troços para você ler — disse o rapaz do escritório.

E não é que eles tiram dos bolsos umas brochuras, uns panfletos, umas publicações?

— Você deveria tentar se orientar — disse o rapaz do escritório. — Leia isso, informe-se. Você não pode continuar assim. Você ainda pode se salvar.

Enchi meu cachimbo e o acendi, no gênero inglês. Quando é angústia, tento imaginar que sou inglês e que nada pode me atingir, por causa de meu lado imperturbável.

— Eles vão acabar te levando preso, você sabe — disse o rapaz. — Os vizinhos ou alguém vão reparar e você vai ter problemas de saúde, como eles chamam isso.

— Tenho autorizações — eu lhe disse. — Possuo uma licença para ter um píton em casa. Estou em ordem.

— Ah, isso, tenho certeza — ele disse. — O que se chama viver, em nossa terra, consiste unicamente em estar em ordem.

Foram embora. Aproximei-me do meu pobre Gros-Câlin e o peguei nos braços. É difícil ser Gros-Câlin numa cidade que não é feita para isso. Sentei-me na cama e o mantive longamente nos braços e enrolado em mim com a impressão de receber uma resposta. Até me vieram lágrimas aos olhos, no lugar dele, porque ele não pode, por causa do inumano.

Tenho um colega de escritório que voltou todo bronzeado das férias no sul da Tunísia.

Digo isso para mostrar que sei ver o lado bom das coisas.

De noite, fiz um troço incrível para "sair", como dizem os rapazes do escritório. Eu estava sobriamente jantando no restaurante Des Châtaigniers, na Rue Cave. Ao meu lado, havia um casal de idade média que não me dirigiu a palavra, como deve ser entre estrangeiros. Comiam um entrecôte com batatas fritas.

Não sei de onde me veio a coragem de fazer isso. Claro, minha vontade é sempre ter algo em comum, são os anos de hábito, por causa da carência, que fazem isso. Mas há a repressão interior, para não transbordar em sociedade, assim como deve ser para se viver numa imensa cidade sem se aborrecer. Só que, é claro, às vezes transborda.

Foi o que eu fiz.

Estiquei a mão e peguei uma batata frita no prato *deles*.

Sublinho *deles* por causa do absurdo.

Comi-a.

Nada disseram. Acho que não notaram, por causa da monstruosidade, do absurdo justamente.

Peguei outra batata frita. Era a fraqueza que fazia isso, era mais forte que eu. Continuei.

Três, quatro batatas fritas.

Eu estava coberto de suor frio, mas era mais forte que eu. A fraqueza, creiam-me, é irresistível.

E mais uma batata frita, assim, com total simplicidade, entre amigos.

Eu estava absolutamente assustado no meu forte íntimo. Mas estava dando uma saída, ora bolas. Uma abertura.

E mais uma batata.

Era um comando da amizade.

Não sei o que aconteceu depois, porque senti um terremoto, tudo ficou turvo e quando recobrei os sentidos estava tudo em ordem. Nada acontecera, nada mudara. Eu estava sentado ali, diante de minha alcachofra ao vinagrete, e ao lado havia o casal que comia um entrecôte com batatas fritas.

Eu tinha feito aquilo somente no meu forte íntimo. O comando fizera uma tentativa de saída mas foi reprimido por si mesmo e recuou, sem batatas fritas. É o que se chama nos muros "a imaginação no poder". Está escrito nos muros, pode-se ver em todo lado. Os muros, pode-se escrever neles qualquer coisa, aguentam. São sólidos, os muros. Como provam as pichações.

Eu tinha ficado com tanto medo que desmaiei. Felizmente, não caí e ninguém notou nada. Tive sorte.

Seja como for, estou contente por ter tido essa ideia, precisava de coragem, digo isso sem falsa modéstia.

Depois, rastejei até em casa, completamente vazio pelo esforço que acabava de fazer e dei uma olhada na literatura que os rapazes do escritório tinham me levado. Bem, nem todos eram rapazes de escritório, mas é a mesma coisa. Portanto, folheei prudentemente os folhetos, os panfletos e gazetas que tinham me deixado. Digo "prudentemente" não porque desconfiasse especialmente do perigo público, mas porque faço tudo prudentemente, em mim é um princípio. Não encontrei nada que pudesse se referir à presente obra e joguei tudo aquilo no lixo. Em seguida peguei Gros-Câlin nos meus ombros e ficamos ali um tempão, nos sentindo bem juntinhos. Muitas pessoas se sentem mal em sua pele, porque não é a delas.

Ficamos assim, portanto, um tempão, devaneando. Convém dizer que já faz dez meses que toda manhã pego o elevador em companhia da srta. Dreyfus e somando os tempos de trajeto chega-se a um total muito impressionante. São onze andares e para mudar de ares dou um nome diferente a cada escala, Bangkok, Ceilão, Singapura, Hong Kong, como se eu fizesse um cruzeiro com a srta. Dreyfus, é divertido à beça. Outro dia, até tentei fazer um pouco de humor, é meu lado inglês. O elevador acabava de chegar ao sexto andar, que é Mandalay, na Birmânia, no meu mapa. Eu disse à srta. Dreyfus:

— As escalas são tão rápidas que a gente não tem tempo de visitar.

Ela não entendeu, porque nem sempre a gente está no mesmo sonho, e me olhou com certo espanto. Eu disse:

— Parece que Singapura é muito pitoresco. Eles têm lá as muralhas da China.

Mas já tínhamos chegado e a srta. Dreyfus saiu de minissaia, com incompreensão.

Passei um dia sinistro durante o qual questionei tudo. Estava cheio de mim mesmo, com uma rolha. Talvez me enganasse por completo sobre a natureza dos sentimentos que a srta. Dreyfus tinha a meu respeito. Sendo uma negra, talvez fosse sensível à solidão dos pítons em Paris e só me frequentasse por piedade deles. Eu, piedade, não quero de jeito nenhum, eu mesmo já tenho o suficiente. Era a angústia. Eu me sentia completamente livre sem nenhum vínculo de sustentação com ninguém, uma liberdade sem dependência nenhuma e sem apoio de ninguém, que mantém você prisioneiro pés e mãos amarrados e o faz depender de tudo o que não está presente e o devolve ao seu caráter pré-natal, com antecipação de você mesmo. Eu chegava a me perguntar, por astrologia, se o planeta não é composto de dois bilhões e meio de sinais astrológicos de que nos servimos em outro lugar para ler o futuro de uma espécie humana numa galáxia totalmente diferente. Pensava que Jean Moulin e Pierre Brossolette eram prenaturos, pressentimentais antecipários e que a esse título foram retificados, por erro humano. Era o banco de esperma, ora essa. A liberdade é um troço especialmente penoso, pois se não existisse pelo menos teríamos desculpas, saberíamos por quê. A liberdade não deve ser só bancária, é preciso alguma outra coisa, alguma coisa, alguém para amar, por exemplo — digo isso de passagem —, para já não ser livre com conhecimento de causa. De meu lado, sou contra o fascismo, mas o amor, afinal, é coisa totalmente distinta. Repito aqui pela última vez e se continuarem a insinuá-lo, vou perder as estribeiras, que não é por isso que mantenho Gros-Câlin em minha casa, pois mesmo se não vivesse com um píton nada prova que encontraria alguém para amar que estivesse disposto a isso. Pelo menos, num Estado policial não somos livres, sabemos por quê, e não temos nada a ver com isso. Mas o que há de nojento na França é que eles nem sequer lhe apresentam desculpas. Não há nada mais perverso, mais calculado e mais traiçoeiro do que os países em que a gente tem tudo para ser feliz. Se aqui tivéssemos a fome da África e subalimentação crônica com ditadura militar, teríamos desculpas, pois isso não dependeria de nós.

Eu estava tão ansioso que ao voltar para casa remexi no lixo e olhei os livros e as folhas mimeografadas que os rapazes do escritório tinham me deixado, mas ali não havia nada que me dissesse respeito, era política.

Acho que esse padre tem razão e que eu sofro de excedente. Sou atacado de excesso. Acho que é geral, e que o mundo sofre de uma superprodução de amor que não consegue escoar, o que o torna ranzinza e competitivo. Há um estoque monstruoso de bens afetivos que se desperdiçam e se deterioram no forte íntimo, produto de milênios de economias, entesouramento e pés-de-meia afetivos, sem outro cano de escapamento além das vias urinárias genitais. Dá-se, então, a estagflação e o dólar.

Chego à conclusão de que quando viajamos juntos no mesmo elevador, a srta. Dreyfus compreende que eu morro de excedente e que ela não ousa enfrentar tal necessidade, não se sentindo à altura, por causa de suas origens. A grande paixão sempre amedronta os humildes. Temos no escritório uma secretária, srta. Kukowa, que faz meus colegas rirem porque ela corre para fazer pipi a cada dez minutos. Deve ter uma bexiga pequenininha, uma verdadeira joia.

Mas continuo confiante. Uma mulher está sempre interessada quando encontra um homem jovem, com uma situação, e que não teme cuidar de um réptil difícil de alimentar e de dois metros e vinte, de assumi-lo e satisfazer suas necessidades, ela sente que há aí um bom lugar a ocupar.

A não ser aquela pergunta que me fez uma vez durante nossas viagens, a srta. Dreyfus nunca mais me dirigiu a palavra. Talvez porque sentisse que aquilo se tornava importante demais entre nós, ou talvez estivesse com vergonha. Deve sentir constrangimento quando se começa a falar de pítons, por causa dos macacos. O que me faz pensar que nasci tarde demais para a fraternidade. Isso já não tem mais nada a me dar. Perdi os judeus perseguidos que era possível tratar de igual para igual, com nobreza, os negros quando eram inferiores, os árabes quando ainda eram chamados de *bicots*, já não há mais abertura para a generosidade. Já não há meios de enobrecer. Se houvesse escravidão, eu teria me casado com a srta. Dreyfus imediatamente, e me sentiria alguém. Os únicos momentos em que me sinto alguém é quando ando pelas ruas de Paris com Gros-Câlin nos ombros e ouço as observações das pessoas: "Que horror! Meu Deus, que cabeça imunda! Isso não devia ser permitido! Não se faz ideia! Isso aí morde, com toda certeza, é perigoso, tem o risco de infectar!". Eu ando orgulhosamente de cabeça alta, acaricio meu bom e velho Gros-Câlin, meus olhos ficam cheios de luz, eu me afirmo enfim, no exterior, eu me manifesto, eu me expresso, eu me exteriorizo.

— Quem esse aí pensa que é?

— Isso deve ser cheio de doenças. Minha irmã tinha uma cozinheira argelina e ela pegou amebas.

— Pobre sujeito. Ele realmente não deve ter ninguém.

Evidentemente, um píton não basta. Mas também tenho o elevador com a srta. Dreyfus. Estabeleceu-se entre nós um laço discreto e terno, cheio de pudores e delicadezas — ela está sempre de olhos para baixo, durante o trajeto, os cílios palpitantes, assustada e tímida, por causa das gazelas — e cada viagem que fazemos juntos nos aproxima mais e nos faz a mais doce e a mais tranquilizadora das promessas: a de 2 = 1.

Só me resta, para dar o passo decisivo, superar esse estado de ausência de mim mesmo que continuo a sentir. A sensação de não estar realmente ali. Mais exatamente, de ser uma espécie de prologômeno. Essa palavra se aplica exatamente a meu estado, em "prologômeno" há um prólogo a alguma coisa ou a alguém, isso dá esperança. São estados de esboço, de rasura, muito dolorosos, e quando se apoderam de mim eu começo a correr dando voltas no meu quarto e sala em busca de uma saída, o que é tanto mais aflitivo na medida em que as portas não nos ajudam em nada. Foi durante um desses instantes de conscientização pré-natal que escrevi ao professor Lortat-Jacob a seguinte carta:

Senhor,
Num comunicado à Ordem dos Médicos da França, assinado com o seu nome, o senhor falou do aborto com justa severidade e qualificou de "abortórios" os lugares onde essas interrupções de nascimento seriam praticadas. Permito-me informar-lhe, a título pessoal e confidencial, que o caráter sagrado à vida que o senhor reivindica, bem como o cardeal Marty, exige uma possibilidade de acesso ao nascimento e à vida, uma impossibilidade evidente que o senhor parece ignorar, à qual não faz nenhuma menção, e permito-me a esse respeito assinalar a história bem conhecida, ocorrida em 1931, e que hoje se esconde da opinião pública. Encontrei-a nos sebos dos cais, numa coleção de histórias cujo autor me escapa. De fato, foi em 1931, como o senhor não ignora, que houve a primeira revolta dos espermatozoides em Paris. Eles reivindicavam o direito sagrado à vida e estavam fartos de ser frustrados em suas aspirações legítimas e de morrerem sufocados dentro das camisinhas. Por isso, sob as ordens de um guerrilheiro espermatozoide, todos eles se armaram com um machado a fim de furar no momento exato as paredes de borracha e aceder ao nascimento. Chegada a hora, quando começou a grande investida rumo à dianteira, todo os espermatozoides levantaram seus machados e o chefe foi o primeiro a abater o seu e a

furar a borracha para ter acesso ao mundo e ao caráter sagrado da vida que os esperava do lado de fora. Fez-se um momento de silêncio. E então, a grande massa de espermatozoides ouviu seu grito aflito: "Recuar! É a merda!".
Queira aceitar.

Não enviei essa carta. Temia não receber resposta, o que confirmaria minhas piores suspeitas. Talvez todos estejam a par e façam de conta e pseudo-pseudo. Até quis escrever uma carta ao cardeal Marty, mas aí, realmente senti medo; esse era capaz de me dizer a verdade. Que eu era pré-natal, prematuro e por via urinária. Assim mesmo, na bucha, gênero monge-soldado, com as consolações da Igreja.

A verdade é que eu sofro de magma, de sala de espera, e isso se traduz em um gosto nostálgico por diversos objetos de primeira necessidade, extintores vermelho-incêndio, escadas, aspiradores, chaves universais, saca-rolhas e raios de sol. São esses subprodutos de meu estado latente de filme não revelado, aliás, subexposto. Vocês hão de notar também a ausência de setas direcionais.

Portanto, joguei na cesta a carta à Ordem dos Médicos e me perguntei se não ia escrever, ao contrário, à Liga dos Direitos Humanos, astuciosamente, para me impressionar. Com aviso de recebimento, isso até podia servir de começo de prova.

Eu já estendia a mão para a minha caneta mas foi nesse exato instante, como para me tranquilizar, que o nível de vida dos franceses aumentou dez por cento em relação à história deles, e sete por cento em relação à renda bruta deles. Eu tinha deixado o rádio ligado e isso saiu de uma só vez, dez e sete por cento. Número não se discute. Sou muito impressionável e na mesma hora senti que estava vivendo melhor, de dez e sete por cento. Corri até a janela e me pareceu que as pessoas estavam mais vivas. Tive uma extraordinária sensação de bem-estar. Peguei Gros-Câlin e dei uns passos de dança com ele, cantarolando. Dez e sete por cento é enorme. Os comunistas devem estar arrancando os cabelos. Sempre fui contra os comunistas. Sou pela liberdade.

Assim, pois, para desfazer meus nós harmoniosamente e retomar meu fio, meus colegas sabem que vivo com um píton.

Dão-me conselhos de todo tipo. No serviço de documentação, a mulherzinha até me propôs inscrever-me no Clube da Amizade; onde se encontram duas vezes por semana, para o que ela chama em francês "a terapia em cachos".

— Cada um conta seus problemas, a gente se solta, discute, tenta não resolvê-los, claro — é preciso, afinal, que exista uma sociedade —, mas viver com eles, aprender a tolerá-los, a lhes sorrir, de certa forma. Aprende-se a *transcender*, é isso.

Eu não via de jeito nenhum como Gros-Câlin poderia transcender seu problema, mas lhe disse que refletiria a respeito.

Era sobretudo o rapaz do escritório e seus grandes bigodes demagógicos velho-operário-da-França que me irritava com seus ares entendidos e aliciadores, quando nos encontrávamos nos corredores ou no andar. Ele não me dizia nada, mas era como se dissesse, porque aquilo lhe enchia os olhos, transbordava. Um cara jovem de vinte e cinco anos que faz o gênero velha França com toalha de oleado xadrez branco, vinho ordinário, veludo cotelê e gráfica clandestina no interior, tudo isso se acabou, já terminou. Hoje, está ultrapassado, e a gente encontra tudo na Samaritaine. Bombas fabricadas em casa, não vale mais a pena.

Ele tem um olhar que me deixa fora de mim, por causa da tomada do poder. Grandes olhos castanhos que caem em cima de você e se eu não soubesse que ele tinha os bolsos cheios de prospectos políticos, quase acreditaria nele. Esses imbecis vivem de esperança. Finalmente, um dia, perdi a paciência e lhe disse:

— Escute, vamos acabar com isso, não vale a pena insistir.

— Eu não disse nada.

— Não, mas é como se. Informo-o que não há nada a fazer. Seria preciso uma mutação biológica. As mudas, é tudo a mesma coisa, e até cada vez mais.

— Você tentou Lourdes?

Fiquei basbaque. Como ele sabia?

Sim, eu tinha tentado Lourdes. Fui lá de trem, uma sexta-feira, escondendo Gros-Câlin primeiro numa sacola especial com furinhos para o ar, e quando lá estava, debaixo de meu mantô, enrolado na minha cintura. Ficamos uma hora na gruta, depois disso corri para o hotel, estendi meu píton em cima da cama e esperei. Nada. Ele logo fez os nós, como de costume. Esperei várias horas, por causa da distância, já que aquilo devia vir de muito longe, de muito alto. Mas não, zero nessa questão. Ele estava ali a se parecer consigo mesmo, escama por escama, tão réptil como antes. Nem sequer fez uma muda suplementar, por favor especial. Não digo que Lourdes não vale nada, talvez seja ativo para estados deficientes legais, paralíticos ou outros, reconhecidos de utilidade pública pela Ordem dos Médicos e pelo sistema de saúde. Só falo do que conheço. Tudo o que sei é que para os estados contra a natureza por causas naturais isso não vale nada.

Claro, não disse tudo isso ao rapaz do escritório. É o tipo de cara que não acredita que ninguém é obrigado a fazer o impossível. Suspeito até que não acredite no impossível.

— Porque, se acaso você não acredita na ação, talvez acredite em milagres?

— A minha filosofia não é da sua conta — disse-lhe com dignidade. — Em todo caso, pode guardar a China para você. Eles lá não têm liberdade.

Com isso, ele empalideceu. Nitidamente eu o havia atingido no ponto sensível. Ficou todo branco, entre a boca e os olhos, trincou os dentes e murmurou:

— Não, não é verdade! Não é verdade! Esse aí pensa... esse aí pensa que é livre! Era só o que faltava!

E foi embora, assim, com subentendido. Voltei para casa e tive uma angústia terrível, sem razão: são as melhores. Quer dizer, as angústias pré-natais sem nenhuma razão definida são as mais profundas, as mais válidas, as únicas que estão no verdadeiro. Elas vêm do fundo do problema.

Em todo caso, posso assegurar ao amador esclarecido que ainda hesita em comprar um píton que não tenho nenhum drama de "incomunicabilidade" com Gros-Câlin. Quando estamos bem juntos, não temos nenhuma necessidade de nos mentirmos, de nos tranquilizarmos. Eu até diria que reconhecemos a felicidade pelo silêncio. Quando a comunhão é verdadeira e integral, sem fingimentos, só o silêncio pode expressá-la. Mas às pessoas que não são tão exigentes e que esperam uma resposta do exterior, com diálogo por via vocal, posso recomendar o sr. Parisi, no 20 bis Rue des Enfants-Trouvés, terceiro à esquerda.

Apelei para sua arte há quatro anos, quando ainda não tinha feito minha conscientização e Gros-Câlin ainda não tinha, portanto, feito sua entrada em minha vida. Bem, ele estava lá, mas ocupava menos espaço. Eu já estava instalado no meu quarto e sala com meus móveis, objetos vários, presenças familiares. A poltrona, sobretudo, me é simpática, com seu ar descontraído, de quem fuma cachimbo, de tweed inglês; ela sempre parecia repousar depois de longas viagens e sentia-se que tinha muitas coisas a contar. Sempre escolhi minhas poltronas entre as inglesas. São grandes globe-trotters. Eu me sentava na cama à sua frente, pegava uma xícara de chá e adorava aquela presença tranquila, confortável, que detesta agitação. A cama também é boa, há lugar para dois, apertando-se um pouco.

As camas sempre me criaram problemas. Se são muito estreitas, para uma só pessoa, põem você para fora, de certa maneira eliminam os seus esforços de imaginação. Isso faz um i, sem rodeios, sem delicadeza. "Você está sozinho, meu chapa, e sabe muito bem que assim ficará." Por isso prefiro as camas de dois lugares, que se abrem para o futuro, mas é aí que se apresenta o outro lado do dilema. Os dilemas são todos uns filhos da mãe, diga-se de passagem, não conheci nenhum amável. Pois com uma cama para dois toda noite, e sábado e domingo o dia inteiro, a gente se sente ainda mais só do que numa cama para um, que pelo menos nos dá uma desculpa de estarmos sozinhos. A solidão do píton em Paris nos surge então em toda a sua extensão e começa a crescer e a crescer. Sozinho numa cama para dois, mesmo com um píton enrolado na gente, é a angústia, apesar de todas as sirenes de alarme, das polícias que vêm nos socorrer, dos carros dos bombeiros, das ambulâncias e dos estados de emergência, lá fora, que nos levam a crer que alguém se ocupa de alguém. Uma pessoa entregue a si mesma sob os telhados de Paris é o que se chama de sevícias sociais. Quando isso me acontecia, eu me vestia, punha meu mantô, que tem uma presença calorosa com mangas, ia passear nas ruas procurando namorados nos portões dos prédios. Era antes da Torre Montparnasse.

Mesmo assim acabei comprando uma cama de dois lugares, por causa da srta. Dreyfus.

Não tive essa ideia sozinho, foi o governo da França que me encorajou, falando de animação cultural. Era então a grande expressão, faziam uns centros. Foram essas palavras, "animação cultural", que me deram a ideia de fazer os móveis, os objetos e o próprio Gros-Câlin falarem com voz humana.

Claro, às vezes, voltando para casa, me acontecia dirigir-me em voz alta à poltrona, à cafeteira, ao meu cachimbo, era um troço inocente que muita gente pratica, por higiene mental. É a interpelação, a interrogação que se lança ao oceano, ao universo, ou a um par de chinelos, dependendo dos gostos e da natureza de cada um, mas não é o diálogo. Aquilo não responde, é murcho, sem eco, nada. Não tem resposta. É preciso o diálogo. É justamente aí que intervém a reanimação cultural.

O sr. Parisi morava na Rue Monge, no quarto andar à direita. Eu tinha conseguido seu nome ao escrever para o *Journal des Amis*. A arte do diálogo, das perguntas e respostas, era o que o jornal encorajava.

Senhor diretor,
Segundo seus conselhos-respostas aos leitores, apliquei-me em cultivar meu interior e a torná-lo mais agradável. Cerquei-me de móveis pouco numerosos mas simpáticos e de objetos da mesma natureza, a fim de me sentir em casa, em seguida ao seu estímulo. Confesso, porém, que o sentido dessa expressão me escapa, pois nem sequer me sinto em casa em minha casa, mas em casa de alguma outra pessoa que também não está lá, o que cria, é claro, entre nós um laço fraterno de ausência recíproca mas torna difícil o convívio. É evidente, apesar dessa contradição, desse "nó", como diriam alguns, que para estar verdadeiramente em casa é preciso primeiro estar em casa dos outros, é por isso que lhe escrevo de novo na esperança de um conselho. Quais são as possibilidades de comunicação e de diálogo? Queira crer.

Recebi uma resposta no número seguinte. Recomendavam-me dirigir-me ao sr. Parisi, que era "especializado nesses casos". A resposta falava muito lisonjeiramente do diálogo e de seus benefícios psicológicos e me informava que o sr. Parisi era um ventríloquo e que a arte de se tranquilizar e de dialogar consigo mesmo, com o ambiente ao redor e até, nos casos desesperados, com o universo, não tinha segredos para ele e que era uma técnica bastante fácil de adquirir, com um pouco de perseverança e aplicação. O jornal até indicava, brevemente, os nomes de alguns grandes poetas, pensadores e criadores que tinham dialogado assim com o universo e obtido respostas de grande alcance artístico. Como Malraux, Nietzsche, Camus, e paro por aqui.

O sr. Parisi é um italiano de setenta e três anos que outrora foi famoso nos palcos, com um grande nariz e uma juba branca, que se aposentara e dava aulas particulares para ajudar as pessoas a receber respostas e a se falarem. Ele tem um olhar vivo, penetrante e uma presença muito forte. Não tem de jeito nenhum o ar demográfico, porque nasceu antes. Não vão acreditar em mim quando eu disser que em 1812 a França tinha apenas vinte milhões de habitantes e era o primeiro país do mundo e que hoje tem cinquenta milhões e está num estado.

O sr. Parisi tem gestos amplos feitos para revelar presenças inesperadas; suas mãos sempre parecem prestes a puxar a cortina para mostrar que há alguma coisa atrás. Nunca faz isso, a fim de preservar a esperança. Usa uma pelerine comprida, óculos tartaruga pretos, uma gravata Lavallière e se apoia numa bengala que ele sacode com eloquência.

Abriu-me a porta e logo me deslumbrou com sua arte. De fato, ouvi às suas costas, vindos de todos os lados, cantos de hiena, risos de pássaro, arrulhos de pombos e de amor terno, gritos de mulher feliz: "Vou gozar! Vou gozar!", um asno que berrava e um rugido de estudante.

— É para lhe garantir que o senhor não se enganou de andar, cavalheiro — ele me disse, apertando minha mão com um forte sotaque italiano, pois não é da nossa terra.

O sr. Parisi é um ventríloquo muito famoso. Desde que abandonou o palco, ensina a arte do diálogo, com um objetivo sociológico e humanitário, explicou-me, treinando nossos semelhantes a formular interrogações e receber as respostas e a tranquilidade necessárias.

Fez-me entrar num salão arrumadinho e, logo em seguida, fez o telefone tocar.

— É para o senhor — disse. — Vá atender.

— Mas...

— Vá, meu amigo, atenda!

Peguei o fone do utensílio.

— Alô? — disse prudentemente.

— É você, meu bem? — disse uma voz de mulher. — É você, meu amor? Pensou um pouco em mim?

Fiquei com a pele arrepiada. O sr. Parisi estava no outro extremo da sala, não podia ser ele, e depois, essa voz de mulher, e mesmo mais que isso: uma voz feminina...

— Pensou em mim, meu bem?

Fiquei calado. Evidente que pensei nela. Só faço isso.

— Estou com saudades, sabe...

Num murmúrio. Muito suave, apenas perceptível. Era um telefone de uma sensibilidade extraordinária.

— Ande — disse o sr. Parisi. — Tranquilize-a. Sinto que ela se inquieta, tem medo de perdê-lo...

Era agora ou nunca.

— Eu te amo — disse-lhe, pálido.

— Mais alto — lançou-me o sr. Parisi, pondo a mão na barriga. — Aí... é preciso que isso venha do estômago, aí, que isso saia daí...

— Eu te amo — berrei, do estômago e de medo.

— Não precisa se esgoelar — disse o sr. Parisi. — É a convicção que conta. O senhor mesmo é que precisa acreditar, é isso, a arte. Ande, vá.

Eu disse ao telefone:

— Eu te amo. É muito difícil para mim viver sem você, você nem imagina. Faz tanto tempo que estou aqui, pendurado no fio... Isso acabou se acumulando no interior. Acumulei um verdadeiro estoque — quer dizer, um excedente — formidável, é para você...

Falei uns bons cinco minutos com o telefone e quando me calei ele deu um suspiro e um beijo e depois o barulho do fone sendo desligado.

Vi-me sozinho com o sr. Parisi, os joelhos tremendo. Não tenho o hábito do exercício.

Ele olhava para mim, amigavelmente.

— O senhor tem excelentes disposições — disse-me. — Falta-lhe um pouco de confiança em si mesmo, evidentemente. É preciso exercitar a imaginação, se quiser recolher seus frutos. O amor não pode dispensar a troca, os bilhetinhos amorosos que nos enviamos e retribuímos. O amor é talvez a mais bela forma de diálogo que o homem inventou para responder a si mesmo. E é aí justamente que a arte do ventríloquo tem um papel imenso a representar. Os grandes ventríloquos foram, em primeiro lugar, libertadores: nos permitem sair de nossos esconderijos solitários e fraternizar com o universo. Somos nós que fazemos falar o mundo, a matéria inanimada, é a isso que chamamos de cultura, que faz falar o nada e o silêncio. A libertação, tudo está aí. Dou aulas em Fresnes; os presidiários aprendem a fazer falar as grades, as paredes, a humanizar o mundo. Filolóquio disse que uma só definição do homem é possível: o homem é uma declaração de intenção, e eu acrescentaria que é preciso que ela seja feita fora do contexto. Recebo aqui todo tipo de mudos interiores por motivos exteriores, por causa do contexto, e os ajudo a se libertar. Todos os meus clientes escondem vergonhosamente uma voz secreta, pois sabem que a sociedade se defende. Por exemplo, ela fecha os bordéis, para fechar os olhos. É o que se chama de moral, bons costumes e supressão da prostituição por vias urinárias, a fim de que a prostituição autêntica e nobre, esta que não se serve da bunda mas dos princípios, das ideias, do parlamento, da grandeza, da esperança, do povo, possa continuar pelas vias oficiais. Chega, pois, o momento em que o senhor não aguenta mais e é devorado pela necessidade de verdade e autenticidade, de formular perguntas e receber respostas, em suma, de comunicar — comunicar com tudo, com *o* tudo, e é aí que convém apelar para a arte. É aí que o ventríloquo entra em cena e possibilita a criação. Sou reconhecido de utilidade pública pelo sr. Marcellin, nosso antigo ministro do Interior, e pelo sr. Druon, nosso antigo ministro da Cultura, e recebi da Ordem dos Médicos a autorização de exercer, pois não há nenhum risco. Tudo permanece como antes, mas a gente se sente melhor. O senhor vive sozinho, naturalmente?

Eu lhe disse que tinha um píton.

— Sim, Paris é uma cidade muito grande — disse o sr. Parisi, andando em seu salão arrumadinho, com soalho bem encerado.

Esqueci de anotar, preocupado com a observação, pois tudo pode ter uma importância secreta desconhecida de nós, com esperança, que ele usava uma longa echarpe de seda branca em volta do pescoço e um chapéu na cabeça mesmo em casa, para não se descobrir diante de nada nem ninguém e proclamar sua independência e sua recusa a se inclinar. Penso que, assim, ele permanecia coberto diante do estado existente porque esperava os verdadeiros valores, para então se descobrir diante deles. (Cf.: Bourgeau, *L'Irrespect ou La position d'attente debout*, obra de etologia em três volumes mas já esgotada, como seu título explica.)

— É vinte francos a aula. Os cursos são dados em grupo...

— Ah, não! — disse eu, apavorado com a ideia de pagar para os outros, pois pagando sempre se encontra alguém.

— O senhor não precisa se preocupar, pois todos também são mutilados de guerra...

— Desculpe, mutilados de guerra?

— É modo de falar. Quando se fala de mutilados, sempre se pensa na guerra, mas podemos muito bem dispensá-la. Não posso tratar do senhor individualmente, pois a presença dos outros é indispensável para o pouco a pouco e para o estímulo. Isso faz parte do tratamento.

— Que tratamento? Eu não quero ser tratado. Já fui suficientemente tratado assim.

— Escute, deixe-me trabalhar e lhe garanto que ao fim de seis semanas o senhor fará sua serpente falar.

— É um píton — eu disse.

— Mas os pítons são serpentes, parece-me?

Não gosto que tratem Gros-Câlin de serpente, sou contra os amálgamas.

— A palavra "serpente" é na nossa terra levemente pejorativa — disse eu.

— Na nossa terra? — repetiu o sr. Parisi.

Ele me deu uma olhadela. Tinha um desses velhos olhares de italiano que conhece seu mundo. É um olhar guloso que fica te chocando para melhor te engolir.

— Claro, claro. Compreendo. Cada um de nós tem problemas de identidade. Nós nos buscamos, nos buscamos. Aqui e lá. Há até uma canção napolitana assim, *aqui e lá, trá lá lá lá…* Estou traduzindo, naturalmente: em italiano, é muito mais forte. É preciso se reciclar em outro lugar. Cada um de nós sente às vezes dificuldades em se reciclar numa espécie com a qual nossas relações parecem às vezes puramente funcionais.

Ele rastejava de um lado para outro pelo soalho encerado, com seu chapéu na cabeça alta de orgulho, para mostrar que ainda não se descobria diante de nada nem ninguém. Seus movimentos eram fáceis, pois tinha a flexibilidade italiana, apesar da idade. Eu começava a vê-lo sob um aspecto simpático.

— Venha amanhã, se quiser.

No dia seguinte, apresentou-me a seus outros alunos. Confesso que esses contatos me foram difíceis e não pude evitar uma certa frieza e até um pouco de hostilidade com eles, pois essas pessoas imaginavam talvez que eu tivesse ido lá levado pela solidão e porque na minha vida não havia ninguém com quem falar, o que era o caso delas. Mas eu tinha a srta. Dreyfus e se nada de definitivo ainda havia acontecido entre nós, era simplesmente porque esperávamos nos conhecer melhor. A srta. Dreyfus, como muitas jovens africanas, é muito temerosa e se assusta à toa, por causa das corças. E sempre havia outros viajantes naquele trajeto.

Precisávamos mesmo era de um enguiço no elevador.

Noite dessas, sonhei que o elevador tinha parado entre um andar e outro, não se conseguia fazê-lo funcionar de novo. Teria sido perfeito, mas infelizmente a srta. Dreyfus não subira no elevador naquele dia, eu estava sozinho, absolutamente sozinho, e parado entre um andar e outro, foi um pesadelo, como costuma acontecer nos sonhos. Eu apertava todos os botões marcados "chamar" e "alarme", mas nenhum respondia. Acordei com uma angústia terrível, peguei Gros-Câlin no colo, ele levantou a cabeça e me olhou com essa extraordinária expressão de indiferença que manifesta para me acalmar, quando estou atacado de afetividade, uma indiferença total, como para me dizer que está ali, perto de mim, firme em seu posto, que está tudo nos conformes.

Havia lá um sr. Dunoyer-Duchesne, dono de uma mercearia que recebia sua manteiga diretamente da Normandia e me fez sabê-lo, imediatamente, como para evitar qualquer fonte de mal-entendido entre nós. Não sei por que ele me dissera isso com tanta firmeza, apertando minha mão e me olhando fixo nos olhos: "Dunoyer-Duchesne. Mando vir minha manteiga diretamente da Normandia". Pensei nisso por vários dias, talvez ele fosse maçom. Parece que os maçons têm alguma coisa em comum que trocam entre si com fraternidade por sinais e frases cifradas, e que têm um sentido. Ou talvez não tivesse nenhum outro sinal distintivo pelo qual fosse possível reconhecê-lo mas quisesse me fazer sentir que não era qualquer um. Há gente que tem dificuldade em sair. Logo o pus à vontade:

— Cousin. Eu crio um píton.

Às vezes as pessoas que não se conhecem num compartimento de trem se dizem tudo, sem nenhuma reserva. Como não se conhecem, não têm nenhuma razão para sentir medo.

Havia ali o sr. Burak, que era dentista mas gostaria de ter sido maestro. Foi o que me disse, quando eu mal acabava de me sentar numa cadeira ao seu lado, sob o olhar do sr. Parisi que caminhava pelo soalho, depois de nos termos cumprimentado.

— Burak, polonês — disse ele. — Sou dentista mas queria ser maestro.

Como eu ainda estava sob o impacto daquele negócio de manteiga da Normandia, que acabava de acontecer, fiquei por um instante meio aflito. Há pessoas que lhe fazem de imediato confidências, de supetão, para conquistar desesperadamente a sua amizade e ligar-se a você dando-lhe marcas de confiança. É um método psicológico. Creio que estive à altura. É preciso dizer que eu o compreendia. Eu também gostaria de ter sido outra pessoa, gostaria de ter sido eu mesmo. Há casos. Talvez ele ouvisse uma música interior formidável, com tambores, violinos e percussões e quisesse que o mundo inteiro a escutasse com um objetivo de generosidade, mas é preciso um público, amadores, atenção e meios de expressão, pois as pessoas não gostam de se vestir e sair de casa à toa. É o que se chama, justamente, de concerto. A música no interior é uma coisa que precisa de ajuda exterior, sem o que ela faz um barulho infernal porque ninguém a ouve. Ele segurava minha mão dentro da sua, um homem alto careca e um nariz com bigode grande, era dentista na vida, sessenta anos no mínimo, e para um maestro que ainda é dentista, é muito.

— Burak, polonês, sou dentista mas gostaria de ser maestro.

— Ninguém o entende melhor do que eu — disse-lhe —, passei toda a minha vida entre as putas, então, pois é, não é.

O sr. Burak retirou sua mão e me olhou de um jeito, sim, de um jeito, não há outra palavra. Até afastou ligeiramente a cadeira.

No entanto, tudo o que eu quis dizer foi que também gostaria de ter sido.

Aliás, há na expressão "nossos semelhantes" uma terrível parte de verdade.

Até olhei no dicionário, mas havia um erro de impressão, uma falsa impressão que eles tinham lá. Estava marcado: ser, *existir*. Não devemos nos fiar nos dicionários, porque são feitos de propósito para você. É o prêt-à-porter, para combinar com o ambiente. No dia em que sairmos disso, veremos que *ser* subentende e significa ser amado. É a mesma coisa. Mas eles evitam falar assim. Eu até olhei *nascimento*, mas também evitavam falar disso.

Surpreenderei ao dizer que a cordilheira dos Andes deve ser muito bonita. Mas digo-o fora de propósito para mostrar que sou livre. Apego-me à minha liberdade acima de qualquer coisa.

Devo aqui anotar que hoje Gros-Câlin começou uma nova mudança de pele.

É um acontecimento profundamente otimista na vida de um píton, a renovação, Páscoa, Yom Kippur, a esperança, promessas. Minha longa observação e conhecimento dos pítons me permitiu concluir que a muda representa na natureza deles o momento emocionante entre todos, em que se sentem prestes a ingressar numa vida nova, com garantia de autenticidade. É o humanismo deles. Todo os observadores de pítons — citarei apenas os professores Grüntag e Kunitz — sabem que a muda desperta nesses simpáticos répteis a esperança de terem acesso a um reino animal totalmente outro, a uma espécie a plenos pulmões, evoluída.

Mas sempre acabam iguais como eram. É sua promoção social, com recuperação dos subprodutos da muda para repor em circulação, economia e pleno emprego.

Perdi duas aulas durante a muda de Gros-Câlin, fiquei ao seu lado para lhe segurar a mão no figurado, é bom para o moral. Bem sei que ele vai se reencontrar em seu estado anterior de fragmento, por sua forma geral, mas quando uma mulher vai dar à luz com promessa de nascimento e que seu responsável segura sua mão, é preciso manifestar esperança.

Até confesso que de vez em quando me ocorre despir-me para me examinar inteiramente, dos pés à cabeça, e descobri uma manhã na minha coxa uma espécie de mancha avermelhada, mas ela desapareceu durante o dia.

Ainda havia no curso o sr. Achille Durs, um homem um pouco curvado, de uns cinquenta anos e que, espichado, devia ter por volta de um metro e oitenta e tal. Ele me disse que tinha sido chefe de seção na Samaritaine por vinte anos, mas tinha ido para o Bon Marché. Não perguntei por quê, são esses problemas de consciência, informou-me com orgulho, e é verdade que se precisa de muita coragem para mudar de vida numa idade em que outros nem mais ousam pensar nisso. Nós nos cumprimentamos e não encontramos de imediato nada a nos dizer, o que estabeleceu entre nós uma cumplicidade simpática.

O exercício de animação, assim como sabe todo mundo que se interessa por isso, consiste em fazer falar uma boneca que o sr. Parisi colocava cada vez mais longe, ora à esquerda ora à direita, ora no fundo ora no alto, de modo não só a nos ensinar a lhe dar uma aparência de vida emprestando-lhe nossa voz, como sobretudo a nos forçar a nos abrirmos e a nos darmos realmente, a libertarmos nosso forte íntimo por via bucal. Devíamos projetar nossa voz, situando-a de modo a que parecesse nos responder e voltar para nós do exterior, pois tudo nessa arte tem como objetivo arrancar respostas da Esfinge, de certa forma.

A boneca era um dos manequins de que o sr. Parisi se servira em sua carreira artística. O manequim tinha um ar informado, contente de si e superior. É claro que era totalmente inanimado, o que lhe dava uma presença muito forte e realista. Às vezes o sr. Parisi lhe punha um charuto entre os dentes, para acentuar. Ele usava um smoking como se todo dia fosse de baile a rigor. Estávamos sentados em cadeiras espalhadas em semicírculo ao seu redor e, claro, era preciso falar pelo manequim e por você mesmo, a fim de que houvesse um verdadeiro diálogo. Lembro aqui que no início foi o Verbo, porque é encorajador e promissor. Também era preciso, é óbvio, que nossa voz, quando nos voltava na forma de retorno, fosse completamente diferente a fim de ser convincente. O sr. Parisi sempre insistia nesse ponto.

— Não esqueçam, senhores, que a arte do ventríloquo e até a arte pura e simples está antes de tudo na *resposta*. É, no sentido próprio, o que se chama uma criação. Os senhores precisam restabelecer os seus vínculos a fim de se aperfeiçoar, sair da matéria, do magma, e se recuperar na forma de produto acabado.

Ele ia e voltava pelo salão arrumadinho, pelo soalho bem encerado, com sua juba branca e seus óculos tartaruga.

— Olhem este objeto. É o nada. Um manequim, que tem no rosto uma expressão de ceticismo, de cinismo até. Uma coisa inanimada, feita para durar. Pois bem, os senhores vão fazê-lo falar com voz humana. Vão até fazê-lo dizer palavras de amor, sem apertar em lugar nenhum, em nenhum botão secreto, por seus próprios meios. Depois do manequim, passaremos a este vaso de flores, a esta mesa, a estas cortinas. E pouco a pouco, com prática e habilidade, chegarão a fazer falar o mundo e a se mover entre murmúrios eternos. Conseguirão então viver sozinhos muito confortavelmente, sem sentir falta de nada, se bastando, e com muito menos riscos e também mais economicamente do que se resolvessem se lançar em aventuras, em que com tanta frequência ficamos decepcionados, magoados e em que somos obrigados a nos limitar a sofrer, sem mais nada. Sr. Burak, é a sua vez.

O polonês enrubesceu levemente.

— O que você fez da sua vida, Burak? — perguntou a boneca. — Trabalhos dentários, eis o que dela você fez!

— Sr. Burak, já lhe disse que o exercício consiste em se afastar cinco metros de si mesmo e se situar *no* outro. Não conseguirá criar um ambiente humano, simpático, propício, filosófico e estimulante caso se recuse a sair. De modo geral, senhores, evitem ficar queimando os miolos. Desde agora acostumem-se a queimar os miolos dos outros, dói menos.

Cada um de vocês está cercado de milhões de pessoas, é a solidão. Parem um pouco de pensar em si próprios. Pensem neles, em todas as dificuldades que eles têm para viver, e se sentirão melhores. Para viver melhor, não se pode dispensar a fraternidade.

É claro que ele fazia tudo isso ser dito pela boneca, com seu ar cínico que mexia o charuto ao falar, e todos riam, era o espetáculo. É preciso minimizar, é importante. A minimização é indispensável para pôr na escala humana, é o estoicismo.

— "Se não aprenderem a ser queridos por seus próprios meios, todos acabarão nos achados e perdidos", lembrem-se destas palavras do grande O'Higgins, que conseguia fazer falar uma catedral vazia com cinquenta vozes diferentes e que morreu tragicamente de uma extinção de voz.

Observo à guisa de lembrete que o sr. Parisi continuava a usar em volta do pescoço uma echarpe comprida de seda branca para impedir os movimentos de seu gogó, quando fazia de conta que não falava, e que mesmo em casa nunca tirava o chapéu, cabeça alta, para mostrar que não se descobria diante de nada nem ninguém.

No início, eu ainda não tinha entendido que o *Journal des Amis* lera errado a necessidade que eu lhes notificava na minha carta, e que haviam me recomendado o sr. Parisi equivocadamente, porque com seu método ele ajudava as pessoas a fazer amigos entre as cadeiras, os chinelos e os objetos de primeira necessidade antes de chegar aos outros, que implicam na questão da distância. Não é o meu caso. Eu queria fazer Gros-Câlin falar, porque às vezes me divertia em lhe dirigir a palavra e porque é normal gargalharmos juntos. Não tinha nenhuma ilusão de fazer um píton falar com voz humana, era para fazer de conta pseudo-pseudo, como qualquer pessoa. Era com um objetivo de animação estritamente recreativo. Assim que compreendi que o sr. Parisi fazia parte do sistema de saúde, pois seu método era reconhecido de utilidade pública, e que seus cuidados eram muito procurados na aglomeração parisiense por um grande número de nenhuma pessoa, feminino singular, parei de assistir àqueles exercícios. Eu não precisava ser tratado. Tudo o que queria era fazer meu píton falar com voz humana, para lhe dar ilusão.

No Ramsès há um freguês, o sr. Jobert, que uma vez conversou comigo no balcão sobre seu psicanalista. É um método muito útil.

— Ele é obrigado, sabe, a escutá-lo, é pago para isso. O senhor o faz se sentar na poltrona, força-o a pegar um bloco e um lápis e a anotar o que o senhor diz, e ele é obrigado a se interessar pelo senhor, é seu papel social, na sociedade de abundância.

Mas no início eu não faltava a uma aula e já conseguia que eu mesmo dissesse no metrô coisas polidas e agradáveis.

— Sr. Durs, é sua vez. Diga-nos com que objetivo quer se tornar ventríloquo.

— Para despertar o interesse, me fazer notar. No Bon Marché, vejo desfilarem mil pessoas por dia que só procuram mercadorias, coisas, sabe. Num ano, isso perfaz trezentas mil pessoas que passam ao meu lado, em oito anos, por volta dos dez milhões... E ainda, os vendedores, sabe, estabelecem relações humanas, os clientes se dirigem a eles, há alguma coisa, um contato humano, mas na minha escala... Na Samaritaine, em vinte e cinco anos, vi passar ao meu lado várias vezes toda a população da França. Seria de crer que... Mas não. Nada.

— Nada? — disse a boneca.

— Nada. Ninguém.

— É ruim — disse a boneca. — O senhor não poderia ter puxado alguém pela manga?

— Para lhe dizer o quê? São coisas que não se dizem.

— É a sociedade da abundância que faz isso — disse eu. — A expansão. É o que se chama de política de pleno emprego.

— ... quer dizer o quê? — perguntou a boneca, tendo perdido a primeira sílaba, devido à emoção.

— A política de pleno emprego quer dizer que todos estão empregados, como seu nome indica.

Tentei rir, mas a boneca me recebeu mal e houve uma espécie de estertor expiatório. Expiratório.

— Mais alto, mais alto! — disse o sr. Parisi. — Deem tudo! Exteriorizem. Que isso saia das tripas, mesmo se tiver de sangrar um pouco. É aí que está a sua voz verdadeira. Nas tripas, aí onde bloqueou. Mais acima, são só os vocalizes. Façam a carne falar. Esvaziem-se, expirem. A expiração, está tudo aí. A vida é a arte de expirar. Tudo apodrece, no interior, acumula-se, estagna, estanca, morre. Adiante, para a frente! E não se sintam ridículos. A boneca é que será ridícula, ela está aqui para isso. Andem!

— Quero dizer que não é possível existir sem alguém ou alguma coisa — disse a boneca. — Não é possível existir sem ser amado.

— O senhor mexeu os lábios, sr. Durs, mas não faz mal. Continue.

— A verdade é que eu não consigo mais me suportar. Sinto falta de alguém, alguém me falta...

— As vias de acesso — disse eu. — As *vozes* de acesso, com O, pelos bulevares periféricos.

— No Bon Marché é exatamente isso. Já não se sabe se são os objetos em circulação ou os outros.

— Há superabundância de bens afetivos em não circulação — disse a boneca. — Engarrafamentos terríveis, ali, na garganta. No final a gente gostaria que aquilo explodisse, não é? Há gazes de escapamento culturais, evidentemente, mas não se pode pedir tudo à televisão, ela não pode tapar todos os buracos ao mesmo tempo. Ao impossível...

— Muito bem, sr. Cousin, exteriorize. Sr. Durs, continue.

— Na Samaritaine...

— A gente encontra tudo na Samaritaine! — gritou a boneca, e caiu numa risada bem francesa e até política, pois já havia uma Europa unida nesse esforço.

— Sim, os objetos em circulação — disse o sr. Durs —, isto é, que cobrem todos os balcões. Volto para casa de metrô com todos os outros usuados, às quinze para as sete, hora de ponta. O pleno emprego, como o senhor diz, é sobretudo nas horas de ponta que se vê entre os usuados do metrô e dos trens de subúrbio.

— Vivo com um píton pelas mesmas razões da sociedade de abundância demográfica — disse eu. — Permito-me falar do meu píton a propósito do metrô e dos trens de subúrbio... O que diz o sr. Durs é muito certo. Com um píton, a gente volta para casa e tem a impressão de ver *alguém*.

— Muito bem, sr. Cousin — disse o sr. Parisi. — Não hesite em nos mostrar o seu píton.

— Eu suportei até agora — disse o sr. Durs —, aguentei, porque tinha esperança, mas aos cinquenta e sete anos, depois de quarenta anos de pleno emprego e até mais e mais...

— Excelente, senhores — disse o sr. Parisi. — Estão progredindo. Sr. Burak, por favor. Aquele cinzeiro ali, à sua esquerda. Anime-o, vá socorrê-lo...

— Não vejo o que venho fazer aqui — disse o cinzeiro.

— Nós também não — respondeu-lhe o sr. Burak, que enrubesceu de prazer, pois conseguira fingir ser o cinzeiro sem mexer os lábios.

— Sr. Cousin, não vai nos dar mais nada?

— É o desgraçado egoísmo que falta. Há um certo sr. Jalko, sabem, que eu encontro no meu café. Em geral não nos dizemos nada mas amigavelmente. Um dia, ele olhou para mim, deve ter visto alguma coisa nos meus olhos, uma luz. Então se aproximou e me disse: "Pode me emprestar quatrocentos francos?". Estendeu-me a mão, pois é. Ainda bem que eu tinha os quatrocentos francos. Agora presto muita atenção, quando o vejo. Evito-o. Assim que o avisto na calçada, atravesso. Tenho medo de que me devolva o dinheiro. Mas por ora, isso permanece entre nós. É preciso fazer esforços.

— Assinalo, aliás, que o Estado faz, apesar de tudo, alguma coisa — disse a boneca. — Os mutilados têm direito a assentos gratuitos.

— Aliás, no que me diz respeito, vou breve me casar — anunciei-lhes num lance teatral, cruzando os braços. — Pegamos há meses o mesmo elevador. É uma moça muito romântica e idealista, com a imaginação feérica que eles têm lá nas ilhas e os senhores sabem o que é isso, sempre temos um certo medo de não estarmos à altura. No elevador, isso só dura dois, três minutos, não há tempo de decepcionar, a gente pode sustentar uma reputação. Não falo da minha, falo da do amor. Dois ou três minutos num elevador rápido — e tudo permanece intacto. Mas não estou de jeito nenhum de acordo com nosso rapaz do escritório que não acredita em mais nada e até pior que isso: acredita em outra coisa. Não se deve jogar cara ou coroa com a vida das pessoas, com seus meios de existência. Há um grande francês que teve uma frase genial: "É preciso ter paciência e sofrer sem se queixar". É verdade que se nossos pais não tivessem tido paciência, não teríamos conseguido. Falo da renda nacional bruta, por habitante.

— Sr. Brocard, sua vez.

— A amizade desempenhou um papel enorme, decisivo em minha vida, pois incontestavelmente o que mais nos falta é aquilo que nos prega peças...

O sr. Brocard era um homem magro e bem conservado, na força da utilidade, que parecia muito-acima-disso. Vocês entendem o que eu quero dizer, não é? Há pessoas que têm esse ar ofendido, indignado, por serem elas mesmas, e condenadas a todas as custas dessa injustiça. É por isso que, sem dizer a ninguém, no meu forte íntimo, onde não devo nada a ninguém e onde não pago impostos, eu o chamava de Brocard-Prisão--Perpétua. Senti simpatia por ele e uma vez fui lhe apertar a mão, e lhe disse com espírito:

— Mas que se há de fazer, nem todo mundo pode ser resedá ou condor-real-dos-andes.

Volta e meia penso no condor-real-dos-andes, por causa de Gros-Câlin, que sonha com isso de noite, por causa das asas.

Ele pareceu muito espantado e mais tarde o ouvi dizer ao sr. Parisi:

— Esse sr. Cousin é um abelhudo. Deveria cuidar de si mesmo.

Era mesmo uma pena, pois eu tinha a impressão de que íamos nos tornar amigos. É nervoso, a angústia, a falta de hábito.

A propósito desse propósito, indico assim à guisa de nada, sem nenhuma obrigação, que na Flórida, segundo um jornal recente, as mosquinhas param o trânsito nas estradas porque vão se esmigalhar aos milhões nos para-brisas dos carros que as flagram em plena dança nupcial. Os caminhões são até obrigados a parar porque seus para-brisas ficam cobertos de milhões de minúsculos amores. Os caminhoneiros não veem mais nada, ficam ofuscados, cegos. Fiquei transtornado com a quantidade de amor que isso representa. Sonhei a noite toda com um voo nupcial com a srta. Dreyfus. Lá pela meia-noite, acordei e depois tentei recuperar meu sonho mas só sonhei com caminhões.

Por isso, não voltei mais ao curso do sr. Parisi. Não por causa das mosquinhas, pois isso não tem nada a ver, mas porque compreendi que o *Journal des amis* se enganara e me enviara à casa de um ajustador. Não quero ser ajustado ao ambiente, quero que o ambiente se ajuste a nós. Digo "nós" à guisa de plural, porque às vezes me sinto muito só.

Eles pensaram que eu sofresse apenas de falta exterior, quando sofro também de excedente interior. Existe superabundância com ausência de mercados. Até me perguntei se o sr. Parisi não seria um funcionário da Ordem dos Médicos, um membro, aliás artificial, por causa daquele comunicado assinado pelo professor Lortat-Jacob, presidente da Ordem, sobre os abortórios. O sr. Parisi trabalha, em suma, nas próteses, e é muito bom assim, por causa dos mutilados e dos amputados. Ele tem uma missão cultural a cumprir. A arte, a música, a reanimação cultural, é muito bom. Precisa-se disso. As próteses são importantes. Isso permite se ajustar, se inserir e faz parte da política de utilidade pública e do estado de funcionamento. Mas é, apesar de tudo, outra coisa, mais ainda quando se pensa nas toneladas e toneladas de amor que vão se esmigalhar nos para-brisas dos caminhões na Califórnia. Isso existe na natureza. Renunciei igualmente a fazer Gros-Câlin falar com voz humana para não desmistificá-lo. Estou farto das trucagens. Às vezes tenho a impressão de que vivemos num filme dublado e que todo mundo mexe os lábios mas que aquilo não corresponde às palavras. Somos todos pós-sincronizados e às vezes é muito bem-feito, a gente pensa que é natural.

Aliás, eu acabava de ter naquele momento um encontro importante, com o professor Tsourès. Ele mora no andar acima do meu com varanda. É uma sumidade humanitária. Segundo os jornais, assinou ano passado setenta e dois protestos, petições de socorro e manifestos de intelectuais. Aliás, notei que são sempre os intelectuais que assinam, como se os outros não tivessem nome. Havia um pouco de tudo, genocídios, epidemias de fome, opressões. É uma espécie de Guia Michelin moral, com três estrelas que são atribuídas pelo professor Tsourès, quando há sua assinatura. Isso chega a tal ponto que quando se massacra ou quando se persegue em algum lugar mas o professor Tsourès não assina, eu não dou bola, sei que não é garantido. Preciso de sua assinatura no pé da página para me tranquilizar, como um expert em quadros. É preciso que ele autentique. Parece que está cheio de obras falsas na arte, até no Louvre.

Compreende-se assim que nessas condições e devido a tudo o que ele fez pelas vítimas, eu me apresentasse. Discretamente, é claro, para não ficar parecendo que queria me impor à sua atenção, me fazer notar. Comecei a esperar o professor Tsourès diante de sua porta, sorrindo-lhe com ar encorajador, mas sem insistir. No início, ele me cumprimentava ao passar, levantando levemente o chapéu, por causa da boa vizinhança. Mas como continuava a me encontrar em seu andar, o cumprimento ficou cada vez mais seco, e depois, já não me cumprimentava, passava longe, com ar irritado, olhando reto para a frente. É claro que eu não era um massacre. E mesmo se fosse, isso não se via do exterior. Eu não estava na escala mundial, era um chato demográfico, do gênero desses que se acham alguém. Ele era um homem de cabelo grisalho que estava habituado com a tortura na Argélia, com o napalm no Vietnã, com a fome na África, eu não estava na escala. Não digo que não lhe interessasse, que com meus membros exteriores intactos eu fosse a seu ver quantidade irrisória, mas ele tinha suas prioridades. Eu não tinha o peso da desgraça, era rigorosamente zero, ao passo que ele era rico de amor e tinha o hábito de contar aos milhões, em suma, também mexia com estatísticas. Há pessoas que só sangram a partir de um milhão. É o inconveniente das riquezas. Tenho plena consciência de ser uma caganita de mosca e uma incidência demográfica sem interesse geral, e de que não figuro nos créditos, por causa do cinema. Por isso é que eu começava a ir até sua porta com um buquezinho de flores na mão, para sair do corrente. Surtiu efeito, mas então me dei conta de que eu lhe metia um pouco de medo, por causa de minha persistência individual, apesar de todo o desaparecimento de que eu tinha sido alvo. Mas eu persistia com o que se chama entre os autores a coragem do desespero, e com um sorriso insinuante.

Convém dizer que era um mau momento em minha vida. Gros-Câlin atravessava um de seus longos períodos de inércia, a srta. Dreyfus tirara licença sem prevenir, a população de Paris aumentara ainda mais. Eu tinha uma vontade incrível de ser notado pelo professor Tsourès, como se eu fosse um massacre, eu também, um crime contra a humanidade. Sonhava que ele me convidasse à sua casa, que nos tornássemos amigos, e que depois da sobremesa me falasse de todos os outros horrores que conhecera para que eu me sentisse menos só. A democracia pode ser de grande auxílio.

O professor Tsourès também ia tendo para mim cada vez mais importância, eu estava contente de tê-lo no andar de cima. É um belo homem, com feições severas mas justas, com uma barbicha grisalha muito cuidada. Bastava vê-lo para sentir o respeito com que o governo põe à nossa disposição personagens ilustres da história para nos lembrar que somos alguém.

Já nos frequentávamos assim no patamar fazia semanas, meu círculo de amigos se ampliava. Eu tinha lhe preparado a poltrona de veludo champanhe do meu salão, e o imaginava sentado ali, me falando de nascimento com vida, e como se pode chegar a isso e como impedir as dezenas de milhões de abortos que não são praticados, tanto assim que os prenaturos vêm ao mundo sem que seja respeitado seu direito sagrado à vida. Comecei a ler os jornais com atenção para encontrar assuntos de conversa, na falta de outra coisa. Ele continuava a não me dirigir a palavra mas era em parte porque nos conhecíamos havia tanto tempo que não tínhamos mais nada a nos dizer. Pois seria um erro acreditar que o professor Tsourès não se interessava em absoluto por mim porque eu não era um massacre conhecido ou uma perseguição à liberdade de expressão na Rússia soviética. Simplesmente ele estava preocupado com problemas de envergadura e não é porque eu tinha em casa um píton de dois metros e vinte que eu tinha direito de me considerar. Aliás, não esperava de jeito nenhum que ele pusesse seu braço em meu ombro, lançando-me um desses "tudo bem?" que permitem às pessoas se desinteressarem de você em duas palavras e de cuidarem de si mesmas.

Acredito que o frequentei assim meses a fio e ele se mostrou de uma delicadeza extraordinária. Nunca me perguntou o que eu fazia ali, diante de sua porta, o que eu queria, quem eu era. Noto aqui, entre parênteses, e sem nenhuma relação direta com o corpo do assunto, mas por preocupação com sua forma e sua atitude, que os pítons não são realmente uma espécie animal, são uma tomada de consciência.

Quando as pessoas passam ao seu lado sem um olhar, não é em razão de inexistência mas por causa dos assaltos à mão armada no subúrbio parisiense. Aliás, não tenho nem um pouco cara de argelino.

Sei igualmente que existem amores recíprocos, mas não aspiro ao luxo. Alguém para amar, é de primeira necessidade.

Minha amizade com o professor Tsourès chegou ao fim de maneira inesperada. Um dia, quando o esperava no seu andar, irradiando simpatia, ele saiu do elevador e se dirigiu direto para o seu lar. Eu me mantinha, como de costume, um pouco afastado, o sorriso nos lábios. Eu sorrio muito, tenho uma disposição para isso, uma disposição feliz. O professor pegou a chave no bolso e, pela primeira vez desde que nos frequentávamos, rompeu o silêncio que se estabelecera entre nós.

Virou-se para mim e me olhou de um jeito que indicava que estava de mau humor.

— Escute, cavalheiro — disse-me. — Faz um mês que o encontro quase toda noite diante de minha porta. Tenho horror aos chatos. Do que se trata? Tem algo a me dizer?

Reparem, encontrei um truque. Que durou o que durou, mas o Instituto dos Cegos me foi de grande auxílio. Toda noite depois do trabalho, eu ia lá e me postava à entrada. Pelas sete horas, os cegos começavam a sair. Com um pouco de sorte, eu conseguia agarrar seis ou sete e ajudá-los a atravessar a rua. Hão de objetar que ajudar um cego a atravessar a rua não é grande coisa, mas é sempre alguma coisa. Em geral, os cegos são muito gentis e amáveis, por causa de tudo o que não viram na vida. Eu pegava um pelo braço, atravessávamos, todo o trânsito parava, prestavam atenção em nós. Trocávamos algumas palavras sorridentes. E depois, um dia, caí num cego que não era nem de longe uma pessoa diminuída. Eu já o ajudara várias vezes e ele me conhecia. Numa bela tarde de primavera o vi sair, corri para ele e o peguei pelo braço. Não sei como soube que era eu, mas me reconheceu de imediato.

— Deixe-me em paz! — berrou. — Vá fazer suas necessidades em outro lugar!

E depois, levantou sua bengala e atravessou sozinho. No dia seguinte, deve ter me assinalado a todos os seus colegas porque não havia mais nenhum que aceitasse me fazer companhia. Compreendo muito bem que os cegos têm seu orgulho, mas por que se negarem a ajudar um pouco os outros a viver?

Não sei que forma tomará o fim do impossível, mas garanto-lhes que no nosso estado atual com ordem das coisas, faltam carinhos.

Os cientistas soviéticos acreditam, aliás, que a humanidade existe e que nos envia mensagens de rádio através do cosmo.

Estávamos, pois, no patamar e ele me devorava com os olhos, o que era bom, me dava presença.

— E, primeiro, quem é o senhor?

O professor Tsourès tinha uma voz indignada, ela estava indignada de uma vez por todas, como se tivesse enguiçado naquele tom durante uma indignação especialmente grande.

— Sou seu vizinho do terceiro andar, senhor professor. Sabe...

Não pude deixar de assumir um ar modesto, não sem orgulho:

— ... Sabe, aquele que vive com um píton.

Acrescentei, não sem esperança:

— Os pítons são companheiros muito afetuosos e muito subestimados.

O professor me olhou um pouco mais atentamente. Vi até em seu rosto uma espécie de expressão jovial.

— Ah, então é o senhor, Gros-Câlin...

— Nada disso — retifiquei —, Gros-Câlin é o nome do meu píton. Ele não pode dispensar minha companhia, donde seu afeto. Talvez o senhor não conheça, senhor professor, a solidão do píton em Paris. É a angústia. É o que se chama no vocabulário desesperado uma situação, e ela é assustadora. Há evidentemente, como no seu caso, massacres e perseguições de que o senhor dispõe quando está melancólico e se sente só, mas os pítons não dispõem desses meios comparativos. Não estão em condições de se distrair assim com situações bem deles, apelando para alguma coisa terrível e grandiosa pelo número e pela quantidade. Li o livro de Jost sobre a *Terapêutica da solidão*, mas para que um píton possa ter acesso, como nós, às consolações do humano e sofrer menos por ser ele mesmo e em seu próprio caso, pensando nos horrores de que não é objeto, é preciso primeiro que troque de pele, o que a Ordem dos Médicos não cogita de nenhuma maneira, estando aí para justamente o contrário, num objetivo de acesso indiscriminado por vias urinárias. É a espiritualidade, o direito sagrado à vida demográfica e estatística no interior do sistema vegetativo, com caldo de cultura. Os bancos de esperma são igualmente encorajados, havendo, se necessário, importação de mão de obra estrangeira. Há igualmente acesso à propriedade com crédito para a casa própria, pronta para habitar. Em suma, Gros-Câlin não sou eu.

— No entanto, é assim que todo mundo o chama no bairro — disse o professor Tsourès, me olhando com uma espécie de curiosidade, como um homem que precisa pensar de vez em quando em outra coisa.

Fiquei estupefato, no sentido expressivo do termo. Não sabia que o bairro se interessava por mim. Senti-me tão impactado que comecei a transpirar abundantemente, com arrepios para completar. Não tive propriamente medo, pois não se deve imaginar que me julgo alguém notável, cuja pele alguém quisesse especialmente. Eu meço apenas um metro e setenta e dois, isso não vale o incômodo. É apenas essa estranha antipatia, hostilidade e repulsa que as pessoas têm pelos pítons que me preocupa. Quer dizer, eles costumam ser vítimas de extermínio desinteressado, sem objetivo prático, comercial, mas unicamente espiritual, com cruzadas. Os pítons às vezes são mortos com vingança, porque são diferentes e é duro de engolir, isso é rancor, não gostam deles. Não gostam deles porque eles, ao menos, não têm desculpas, não têm inteligência para socorrê-los e disposição, nem braços nem pernas nem conhecimentos históricos e científicos, não são livres. Não dispõem de meios de dispor de si mesmos e de reinar. Além disso, rastejam melhor. Então, com golpes de salto de sapato, com pauladas, por rancor, não há Deus que aguente. É verdade, porém, que na França se come melhor do que em outros lugares e que a grande cozinha é celebrada. Há molhos incríveis e os vinhos são generosos, no sentido mais verdadeiro e único do termo.

Há também exceções, ímpetos promissores. Outro dia, quando eu passeava tranquilamente no Luxembourg com Gros-Câlin enrolado no meu corpo, um senhor me olhou com amizade e me lançou:

— A proteção da natureza, não há nada mais urgente.

Senti lágrimas nos olhos. Esse senhor tinha a Legião de Honra, a título amical. Sonho com isso de noite. Uma criança entra — sete, oito anos, para que a gente possa conversar de igual para igual —, me dá um abraço e diz:

— Sr. Gros-Câlin, em nome dos pítons e em virtude dos poderes inauditos que me foram conferidos, faço-o cavaleiro da Legião de Honra a título amical.

… Aliás, existe na Rússia um rio que se chama o rio Amor.

Isto não é uma digressão, pois o que eu tinha de dizer ao professor Tsourès, enquanto estávamos frente a frente no seu andar, se situa perfeitamente no âmbito do meu assunto. Seria preciso vê-lo, quando ele descreve seus semicírculos, arabescos e espirais no carpete em busca de uma fissura pela qual possa se esgueirar e ir lá para fora.

— Senhor professor, desculpo-me por importuná-lo assim sub-repticiamente mas tenho pelo senhor grande admiração. Sei tudo o que faz pelos manifestos. Sei que há em sua casa muito espaço. É por isso que gostaria de lhe pedir para pegar em sua casa...

Ele me interrompeu. E mesmo com um pouco de raiva.

— Ainda é por esse quarto de empregada? É verdade que neste momento está desocupado. Minha empregada voltou para a Espanha, fortuna feita. Espero uma portuguesa. Não há hipótese de alugá-lo a quem quer que seja. Sinto muito.

E com esse passo pôs a chave na fechadura.

Era um cruel mal-entendido. Eu queria dizer que havia na casa dele lugar para todas as espécies humanas pré-natais que não estavam sendo usadas, mas que já existiam potencialmente por motivo de desgraça, e eu não via de jeito nenhum o que sua empregada portuguesa tinha de diferente. Também tenho a maior ternura pelos quartos de empregada desocupados, pois me parece que sempre esperam alguém. Conhecendo sua assinatura, eu achava que o professor Tsourès era um homem que lutava pela criação de comitês de recepção e por um ambiente favorável à vinda ao mundo. Falo, é claro, da vinda ao mundo em todas as suas formas, e não apenas à guisa proliferativa. Um camundongo branco talvez não seja muita coisa a esse respeito mas quando o tenho na palma de minha mão tão doce, tão feminino, tão vulnerável... pois bem, sinto-me protegido e ao abrigo da necessidade, por todo o tempo que dura o contato com a ponta de seu focinho, no qual, a extremo rigor, pode-se ver um beijo de ternura e gratidão. Sinto-me bem, dentro dessa mão calorosa. Tenho a impressão de que há bondade.

A esse respeito noto que devo me lembrar de olhar no atlas que possuo, com o objetivo de orientação em meus momentos perdidos, onde se encontra exatamente na Rússia o rio Amor. Consegue-se perfeitamente desviar os rios de seu curso e fazê-los passar ali onde é preciso num objetivo de fecundação e de fecundidade verdadeiras. Com toda certeza não quero, diachos, desviar o rio Amor só para o meu proveito mas gostaria ao menos de ser por ele aflorado em seus momentos de cheia, pois há falta, há falta, e não é possível passar toda a vida a sonhar com um enguiço de elevador.

Mas ponham-se no meu lugar humanitário. Os pítons se alimentam de camundongos e no estado atual, invulnerável e prematuro das coisas, não há nada a fazer. Por isso, queria pedir ao professor Tsourès que levasse Blondine com ele, pois era um homem imenso. Mais cedo ou mais tarde Gros-Câlin vai comer Blondine, quem o exige é a natureza, a qual é, como tudo em nós prova, um ato contra a natureza.

Basta ficar com um ratinho na palma da mão para sentir isso. É um desses momentos em que meu coração aquece, e em que sinto o grande rio Amor que corre lá longe nas Rússias mais longínquas se desviar de seu curso, sair de seu leito, vir aqui, a Paris, em plena Sibéria, subir ao quarto andar com elevador, entrar no meu quarto e sala e se encarregar de tudo e até mais que isso. É como se eu mesmo estivesse bem agasalhado, na palma da mão do poderoso rio Amor. Toda solução do conflito interior entre os pítons e os ratinhos brancos, típico da espécie, está exclusivamente nas mãos do grande rio Amor, e enquanto ele continuar a correr em regiões totalmente hipotéticas, geográficas, todos continuarão a se entredevorar interiormente, com garantia de pleno emprego para esse objetivo e quaisquer que sejam, aliás, nossas realizações na construção civil.

Outro dia, o rapaz do escritório, a quem levei um recado de meu animal, porque ele parece se interessar pelos problemas de história natural em razão de sua ausência, e me encoraja a esclarecê-lo pela exposição de meu problema ecológico com o meio ambiente, me lançou abruptamente mais uma vez, sem aviso prévio:

— Mas então venha conosco, já lhe disse. Vai haver outra *manif* em Belleville. Você vai se desenrolar livremente. Sem isso, todos os seus nós vão acabar por estrangulá-lo.

É um insistente.

— Uma passeata de quê? — perguntei prudentemente, pois vai ver que era de novo alguma coisa de política.

— Uma *manif* — ele repetiu, me olhando com bondade, para tentar me desarmar.

— Que tipo de manifestação? Contra quem? Contra o quê? Por quê? Não vai ter árabes, pelo menos? Por acaso não seria um troço político ou fascista? Uma *manif* com a ajuda de Quem maiúsculo?

Ele balançou a cabeça, com dó.

— Pobre cara — disse, não sem simpatia. — Você é que nem o seu píton, sabe. Nem sequer sabe que a gente cuida de você.

E foi embora no seu caminho com jeito de quem não tem amor a perder.

Não preciso de uma "manif" para me livrar de meus nós e me desenrolar com o régio desembaraço do qual me felicito no meu pequeno apartamento agradável com cachimbo, bom fumo e benevolência amigável em relação a todos os objetos familiares que me cercam com sua dedicada fidelidade. Sofro simplesmente de um excedente de mercadorias que não consigo escoar sem outro meio de expressão além de uma discreta publicidade clandestina, sorridente, no gênero mão estendida. Essa abundância interior é tamanha que às vezes chego a imaginar na minha poltrona que é em mim que o rio russo Amor do mesmo nome tem sua nascente subterrânea. Eu ainda não fui descoberto, e só a srta. Dreyfus sentiu sua presença, porque entre os negros o faro é especialmente desenvolvido. Eles sentem muito mais que nós, por causa das condições de sobrevivência nas florestas virgens e nos desertos onde as fontes de vida são raras e profundamente escondidas. Às vezes lhe digo em meus pensamentos, pois me exercito em vista dessa grande explicação entre nós com operação de peito aberto, durante nossa futura escala no hotel Oriental em Bangkok cujo prospecto eu já tenho, "Irénée, gostaria de lhe dar tudo, tenho em mim um excedente de bens afetivos inesgotável e certos geógrafos até desconfiam que é em mim que se encontra a nascente do grande rio Amor"... Interrompo aqui meu curso, não no sentido majestoso, no sentido *curso, ensinamento*, que talvez terei um dia ocasião de dar no Collège de France quando os pítons forem enfim reconhecidos como dignos de interesse, em sua existência relativa, por essa ilustre assembleia e a civilização que dela decorre.

Tudo o que exijo imperiosamente, com intimação e gritos interiores que não incomodem os vizinhos, é alguém para amar: suponho que é isso que se chama uma sociedade afluente. Compreende-se assim que nada disso era fácil dizer a um homem tão bem articulado como o professor Tsourès, que é diplomado em tudo e talvez não gostasse da carne vermelha que sangra no patamar de seu prato e certamente não tinha a experiência dos grandes rios russos, necessária para compreender um pinga-pinga desses. Eu e ele, eram o cru e o cozido, e aí está todo o verdadeiro problema da verdadeira linguagem, que é inaudível. Aliás, ele já introduzira a chave na fechadura, pois era apenas uma chave, assim, para as fechaduras preparadas previamente e de comum acordo.

E agora, só me resta, para me desenrolar inteiramente diante dos olhos de quem me lê, concluir dizendo que se o professor Tsourès aceitasse acolher meu ratinho e tomar conta dele, não só isso teria criado entre nós uma amizade extraordinária como eu me sentiria enfim desvencilhado de mim mesmo, pois costuma me acontecer sentir-me sobrando, como todos os que se sentem insuficientes.

— O que é que o senhor quer que eu faça com o seu camundongo? Que história é essa?

Ele estava furioso. Eu não estava descontente, estava até emocionado de ver que nossa amizade já se estabelecia num modo passional.

— E além disso, por que eu? Por que sou eu que o senhor vem encontrar com o seu camundongo? O que quer dizer isso? Não tenho tempo a perder. Sou bem-educado porque o senhor é um vizinho, mas tenho mais o que fazer além de cuidar do seu camundongo, sou gato escaldado, acredite-me.

Eu caí na risada.

— Desculpe — gaguejei. — É essa maneira espiritual que o senhor tem de...

Eu ria e ria e me torcia de rir.

— ... De pensar imediatamente nos gatos a respeito de um rato...

Não sou nem um pouco rancoroso, mas mesmo assim rir faz bem.

— Mas me diga...

Ele estava lívido. Até a echarpe que usava no pescoço tinha ficado mais cinza, contra aquele fundo mais branco.

— O senhor está debochando de mim! Fascista? Ocidente? Vem fazer provocação?

Senti medo. Estava perdendo um amigo. Seus olhos lançavam raios. Peço desculpas por assumir um tom literário elevado, em geral não é meu gênero, pois há muito tempo que o estilo não trabalha direito, não é o papel da embalagem que conta e eu, eu acredito no interior. Tento manter aqui um tom nudista, humano, demográfico. As alturas perderam contato.

— O senhor é um homem universalmente generoso — balbuciei. — Não sei o que fazer do ratinho branco que escondo em casa. Digo "escondo" porque tudo é contra os ratinhos, por causa da fraqueza.

— E o seu píton, o que é que ele come? Ratinhos, não? Pois é, e aí?

Ele deu um passo à frente, com as mãos nos bolsos, o colete também à frente, o sobretudo para trás. Guimba, barba, cachecol e chapéu. Pasta debaixo do braço, atulhada de justiça e de direitos humanos. Anoto escrupulosamente. Ele já não estava nem um pouco furioso, tinha até um jeito zombeteiro.

— O senhor alimenta bem o seu píton? E o que é que ele come? Ratinhos, é isso. O senhor não vai escapar, meu rapaz! É a natureza!

— Não posso fazer nada — respondi. — Faço isso por outra criatura. Venho buscar socorro, só isso. Há uma mortalidade terrível entre os sentimentos.

— O senhor fala um francês muito curioso — disse ele.

— Tento fazer uma abertura, só isso. Podemos desembocar em alguma outra coisa, quem sabe. Nosso rapaz do escritório diz que as palavras foram treinadas especialmente para preservar o ambiente. A gente pode entrar, por causa do direito sagrado à vida, mas uma vez lá dentro já não se consegue sair. Não sei se o senhor já segurou na palma da mão um camundongo sem proteção, e além disso, é claro, o senhor tem milhões de homens que morrem de fome, isso alivia de imediato. Concluo, para me apresentar, que a televisão permite a todos consolarem-se com atrocidades incontáveis. Há cinquenta mil etíopes que acabam de morrer de fome, para desviar nossa atenção, eu sei, mas isso não me causa nenhuma emoção, quer dizer, me sinto tão infeliz quanto antes. É meu lado monstruoso.

Ele amansou.

— O senhor tem, mesmo assim, alguns amigos?

— Teria certamente, mas as pessoas têm horror aos pítons e não posso abandonar um bicho em apuros. Eu sou como sou. É uma questão de extraterrestres, o que se chama ajuda exterior, com impossível.

Ele pôs a mão no meu ombro mas sem condescendência, pois era homem acostumado a dar provas de simpatia e tolerância.

— Escute, meu rapaz, compreendo, compreendo muito bem, mas não posso me deixar invadir. É um apartamento muito pequeno. Não posso pegá-lo em minha casa mas irei vê-lo na sua um dia desses. Aguente firme. É preciso ter confiança. Evite ficar sozinho. Tente fazer amigos.

Ele me deixou ali e entrou em casa, graças à sua chave, mas isso não tinha importância pois apesar de tudo eu tinha dado um passo de gigante fora de minha pequena caixa, e fiquei ali um bom tempo com o sorriso nos lábios, olhando a porta fechada como se ela também não fosse de madeira.

Entrei em casa mas não consegui dormir, tudo cantava amizade e havia papoulas em flor. Gosto das papoulas por causa
do nome que elas usam, pa-pou-las. É alegre e há ali dentro até
mesmo risos de crianças felizes. Costumo ter momentos assim
de orquestra interior, com danças e leveza, estímulo dos violinos e gentileza popular, ao pensar em todas as riquezas amigá-
veis que me cercam, tesouros enterrados que basta descobrir,
os dois bilhões de ilhas dos tesouros, banhadas pelo grande rio
Amor. As pessoas são infelizes porque estão abarrotadas de benefícios que não conseguem fazer chover sobre as outras por
causa do clima, com secas ambientais, cada uma só pensa em
dar, dar, dar é maravilhoso, todos morrem de generosidade,
é isso. O maior problema da atualidade de todos os tempos é
esse excedente de generosidade e de amizade que não consegue ser escoado normalmente pelo sistema de circulação que
nos falta, sabe Deus por quê, tanto assim que o grande rio em
questão está reduzido a se escoar pelas vias urinárias. De certa
forma carrego em mim frutas maravilhosas que invisivelmente
caem no interior junto com a podridão e não posso dar todas
elas a Gros-Câlin, pois os pítons são uma espécie extremamente sóbria e Blondine, a ratinha, não é alguma coisa que tenha grandes necessidades, a palma da mão lhe basta.

Há ao meu redor uma ausência terrível de palma da mão.

Faz noite e digo o que penso, enrolado interiormente em mim mesmo ali onde se canta com danças populares, flautas, papoulas e sorrisos de amizade. No escuro, podemos nos permitir. Antigamente se dizia que as paredes têm ouvidos que nos escutam, mas não é verdade, as paredes estão pouco ligando, estão ali, só isso. Todos nos aconselham a nos entendermos bem com elas. Só a srta. Dreyfus poderia vir fazer a colheita das frutas e impedi-las de apodrecer no pé, li no jornal que há pessoas que ficaram trinta e seis horas juntas num elevador que enguiçou, se isso pudesse nos acontecer. Um enguiço, um de verdade, poderia nos permitir libertarmo-nos das vias circulatórias de mão única e obrigatória e nos encontrarmos. Veio-me até a ideia de sabotar astuciosamente o elevador para que ele enguice; mas não se pode fazer isso quando se está trancado dentro dele e quando ele funciona, precisaríamos de cumplicidades. Até pensei em pedir ao rapaz do escritório uma ajuda externa, mas não me atrevi pois tenho absoluta certeza de que ele tem atividades subversivas.

Portanto, estou deitado, escutando meu emissor clandestino, é um desses momentos em que acho que vou me levantar, andar em minha direção, me tomar nos braços, e que vou adormecer assim na palma da mão.

Finalmente, não sendo mais bobo que outro, eu me contento, me levanto, vou buscar Gros-Câlin em sua poltrona e ele desliza em torno de mim e me aperta muito forte num objetivo afetivo.

Eu segurava Blondine na palma da mão e Gros-Câlin também me mantinha bem agasalhado, pois há possibilidades.

Mas uma noite, quando dormíamos assim os três, serenos, um verdadeiro triunfo contra a natureza, com tudo o que isso abre como perspectivas, horizontes e fim do impossível, produziu-se um drama horroroso, do qual fui a testemunha impotente em meu sono. Devo ter aberto minha mão, a ratinha se viu exposta de todos os lados e Gros-Câlin logo obedeceu às leis da selva. O que Blondine pode ter sentido quando foi confrontada à goela aberta do monstro, aliás invisível no breu, mas cuja presença aterradora se pressente pela angústia, deixo que adivinhem todos os que estão assim entregues à situação em que nos encontramos. Não há defesa possível. Fui tomado de tamanho pavor que pensei por alguns instantes que ia nascer, pois é notório que às vezes nascimentos se produzem sob o efeito do medo. Havia ali um conflito interior do qual não se tem a menor ideia, quando nos falta a fraqueza necessária. Felizmente, quando acordei, Gros-Câlin e Blondine dormiam tranquilamente em seus respectivos lugares, nada acontecera, era apenas eu. Ainda assim, me levantei e fui pôr a ratinha na sua caixa, mas custei a adormecer comigo mesmo.

Foi no dia seguinte, às nove horas e cinquenta minutos pontualmente, que se produziu o acontecimento tão esperado. Eu já tinha deixado passar vários elevadores, esperando a srta. Dreyfus como combinado entre nós por via intuitiva, quando a vi chegar, embora eu já estivesse tomado de pânico com a ideia de que ela não viria e de que eu ia receber uma carta sua me dizendo que estava tudo acabado entre nós. Já fazia onze meses que estávamos juntos no elevador toda manhã e é preciso desconfiar da rotina na vida em comum, pois ela não deve tomar aos poucos o lugar das relações profundamente sentidas.

Eu estava um tanto irritado, porque acabava de ser insultado.

Tinha parado no Ramsès para tomar um café e havia na mesa ao lado uma senhora madura com um papagaio verde numa cesta que ela segurava no colo. Uma pessoa que passeia por Paris com um papagaio verde não tem de me fazer reflexões e no entanto ela sentiu necessidade de me dizer, estendendo-me um cartão com um desses sorrisos que parecem sair direto dos pratos agridoces no cardápio dos restaurantes chineses:

— Tome, senhor. É um serviço novo, pode chamar dia e noite, há sempre alguém com quem falar. O senhor o encontrará na lista telefônica, na seção das profissões, o serviço se chama *Almas gêmeas*. Eles não fazem propaganda, nada, o senhor pode lhes falar, fazem perguntas com solicitude, se interessam pelo senhor, só isso. Há uma assinatura com brinde, um lindo presente que lhe enviam no seu aniversário, pode ter certeza de que nesse dia há alguém especialmente encarregado de pensar no senhor.

Eu estava furioso. Estou vestido muito decentemente e não pareço um objeto perdido.

— E o que é que a gente faz quando acaba de lhe falar, ao telefone? Desliga?

— Hããnn, evidentemente — disse a dama.

— Hããnn, evidentemente — disse eu, toma lá dá cá, com uma dose de ironia.

Desenrolei-me em toda a minha altura, jogando na mesa o valor do que tinha consumido.

— Desliga, e fica sozinha com o seu papagaio verde — disse eu. — Só que, madame, vivo maritalmente com uma jovem no elevador e não preciso pedir socorro por telefone.

E depois, tive uma frase extraordinária.

— Em Paris, madame, não se dirige a palavra a um homem que nada lhe fez!

O que se seguiu prova a que ponto um homem às vezes se engana quando se encontra no meio de outros e a que ponto os papagaios, mesmo aqueles de que jamais nos separamos, são insuficientes e falhos quando a necessidade se faz realmente sentir. A mulherzinha madura começou a chorar sem que a menor ligação telefônica viesse em seu auxílio. Não surpreende que às vezes os jovens se armem de revólveres e matem a torto e a direito por necessidade louca de amizade. Era a primeira vez que alguém chorava por minha causa e a evidência dessa atenção de que eu acabava de ser objeto me perturbou profundamente.

O que se seguiu, por sua vez, prova a que ponto às vezes nos enganamos sobre os papagaios verdes. Primeiro, ela (a mulherzinha) começou a chorar, como notei escrupulosamente, sem que o telefone começasse a tocar. Repito pela importância: era a primeira vez que eu fazia alguém chorar e a descoberta desse dom que eu possuía sem saber e que poderia me facilitar fantasticamente as relações humanas na Grande Paris me perturbou de vez. Entrevi num lampejo de compreensão fraterna possibilidades de toma lá dá cá e de igual para igual e de coabitação urbana democrática que me estarreceu, pelos meios que oferecia à manifestação de minha existência. Mas foi sobretudo o papagaio que me espantou por sua espécie humana, tão dificilmente perceptível à primeira vista, apesar de minhas pesquisas na Biblioteca Nacional. Pois esse indivíduo volátil, que naquele momento se mantivera afastado da discussão, dentro da cesta, saltou de repente para o ombro da pessoa humana com um bater das duas asas e começou a cobrir de bicadinhas seu rosto gasto pela devoção, gritando:

— Bum! Meu coraçãozinho faz bum!

— Você não me diria isso se eu fosse jovem e bonita! — lançou-me a pessoa humana.

— Bum, bum, meu coraçãozinho faz bum! — berrou o papagaio com segurança.

A pessoa humana lhe deu um pistache e sorriu, levando o lenço aos olhos. E nisso, o papagaio caiu em pane.

— Bum, bum, bum, bum! — ele dizia.

— E é o amor que desperta! — soprou-lhe a pessoa humana.

O papagaio se calara com olhos redondos cheios de incompreensão, meu semelhante, meu irmão. Não era nem mais um papagaio, era a pele arrepiada.

— Bum, bum! — fez o papagaio e voltou para a cesta.

Fiquei emocionado.

— Eu crio um píton — anunciei à dama, para que entendesse que tínhamos algo em comum, afetividades eletivas. — Ele já teve várias mudas mas continua a ser píton, naturalmente. São esses os problemas que se impõem.

O dono do Ramsès apareceu para apanhar o dinheiro que eu tinha jogado sobre a mesa e nos disse que ouvira no rádio que havia um engarrafamento de quinze quilômetros na autoestrada do Sul na altura de Juvisy. Agradeci. Ele queria subentender simpaticamente que não havia muito engarrafamento em outros lugares, que estava livre, desimpedido, com possibilidades. Era uma mulherzinha de cabelo grisalho, uma dessas que serviram muito a nada e a ninguém. Devia ter uma loja de alguma coisa, na falta de algo melhor. Levo isso, pela presente, ao conhecimento da Ordem dos Médicos, para informação, no quadro do abortório e do direito sagrado à vida.

Lembrei-me também de que, justamente, eu acabava de ver na Rue Ducrest, bem em frente, um cartaz de primeiros socorros, dando todas as indicações sobre a maneira de praticar o boca a boca, para os afogados e outros. Tem que se proceder imediatamente mas sempre é tarde demais, pois em geral no trânsito e nas calçadas a gente não sabe que está lidando com um afogado. O grande rio demográfico não é de jeito nenhum o grande rio Amor, creiam-me, os afogados passam despercebidos, por causa da força da correnteza no metrô nas horas de pico. Portanto, estive prestes a correr com a maior pressa e praticar o boca a boca na pessoa humana de cabelo grisalho, pois nesse sentido não acredito nem um pouco nas virtudes do telefone como boca a boca e respiração emergencial. Do ponto de vista social e cultural, é o que se chama serviço de reanimação com tesouros artísticos, enquanto o papagaio me olhava com seus olhos redondos cheios de incompreensão como se eu fosse capaz de resposta. A senhora continuava a me sorrir do fundo da cesta mas tínhamos nos dito tudo e agora nos faltava um terreno comum, com constrangimento e mal--estar. No entanto, dei provas de minha presença de espírito habitual, não querendo lhe dar a impressão de que me desinteressava dela por razões como todo mundo, e fiz algumas observações apropriadas sobre o engarrafamento de quinze quilômetros na autoestrada do Sul na altura de Juvisy que o dono do Ramsès deixara ao ir embora. Disse-o bem alto, para fazê-la sentir que em outros pontos estava desimpedido, eu não queria deixá-la na necessidade. De lá deslizei rapidamente para as estatísticas e os grandes números a fim de fazê-la sentir que naquele amontoado de coisas podiam se manifestar possibilidades de nascimentos, as vinhas que sobreviveram à filoxera, a preocupação do ministro da Saúde em aumentar sem parar o número de vacas francesas, que encontrei em seu artigo no *Le Monde*, e que talvez fosse apenas, na verdade, o do ministro da Agricultura, por causa da confusão dos valores e dos erros de impressão, e alguém ainda podia nascer em algum lugar em seguida a uma falha da autoridade, ou de uma fissura no abortório, como há dois mil anos, quando de repente houve homem. No entanto, fui incomodado no meu boca a boca pelo papagaio, que me encarava com seu olhar redondo consternado. Perseverei, mas há de se compreender que a consternação dos papagaios no fundo da cesta supera de muito longe as possibilidades humanas.

Aqui, sou obrigado a fazer um desvio e voltar para casa, antes de retornar ao elevador e ao acontecimento capital que ali se produziu, pois Gros-Câlin me armou durante minha ausência um golpe que me jogou na angústia e no tormento e atiçou contra mim a opinião pública do edifício. Mas, reflexão feita, a fim de não dar ao leitor inteligente uma impressão de confusão e de nó inextricável, em seguida aos meus enrolamentos graciosos em espirais em torno do meu assunto, decido primeiro relatar a felicidade que me invadiu no elevador quando a srta. Dreyfus, mal acabávamos de decolar, me olhou direto nos olhos, me mostrou seus dentes alvos num sorriso e me perguntou, com seu doce sotaque das ilhas:

— Então, e seu píton? Como vai?

Era a segunda vez que ela se interessava abertamente por mim, desde nosso encontro memorável nos Champs-Élysées.

Levei um andar para encontrar minha voz, pois já não via nada claro, como sempre quando de súbito perdemos o fôlego.

— Agradeço-lhe — disse calmamente, pois não queria aumentar sua perturbação, e porque sabia que as jovens negras são tremendamente emotivas e logo se assustam, por causa das gazelas.

— Agradeço-lhe. Meu píton vai tão bem quanto possível.

Eu poderia ter dito "meu píton vai muito bem, obrigado", mas justamente não queria lhe dar impressão de que tudo ia tão bem que não precisava mais dela. Vi num lampejo uma corça apavorada fugir e desaparecer no Canal 2, no programa *A vida dos animais*. Não sei se se calcula o suficiente toda a importância que um acontecimento pode tomar, quando corre o risco de não se produzir.

— Meu píton vai tão bem quanto possível. Desenvolve-se normalmente. Ganhou dois centímetros este ano.

Só nos restavam dois andares para nos dizer tudo e eu me calava com todo o dom de expressão de que sou capaz. Em geral uso óculos escuros de cineasta, para me dar peso, como se eu fosse alguém que corresse o risco de ser reconhecido, mas naquele dia não os tinha posto, pois me sentia num estado de espírito "que o diabo me carregue", bastante mosqueteiro. Por isso, pude me expressar até me fartar, graças a meu olhar todo nu, e disse tudo a Irénée, acho até que meu olhar cantava, com orquestra e virtuose. Nunca fui em toda a minha vida tão feliz num elevador. Dei-lhe do fundo do coração todo o meu papagaio tomado de consternação no fundo da cesta. Vi de súbito na bancada de todos os açougues a carne que cantava com uma voz que finalmente ela mesma se atribuíra. Houve até, de repente, visto e sabido por todos, tamanho aumento de qualidade da carne que afinal foi possível distinguir o boi e o homem. Houve em mim algo como um nascimento, ou pelo menos, para não me gabar, como um fim do bife.

Tínhamos, então, passado por Bangkok, Singapura e Hong Kong e o elevador continuava a subir. Sempre li nos jornais que há nascimentos acidentais em todo lugar, nos trens, aviões, táxis, mas nunca acreditei muito nisso, sabendo como lidam com o vocabulário. Ela me olhava muito atentamente, de minissaia. Eu sentia que a srta. Dreyfus me compreendia em todos os meus recantos, um papagaio estupefato numa cesta, um ratinho branco numa caixa, um píton de dois metros e vinte de comprimento que fazia vinte nós por hora, de quem eu era o principal intérprete, e seu sorriso se expressou ainda mais, parecia-me até que o elevador subia mais alto do que qualquer andar. Foi só quando observei que ele descera de novo ao térreo e que eu estava sozinho é que consegui me recuperar.

E era apenas um começo. Pois eu mal tornara a subir ao meu escritório quando a srta. Dreyfus entrou, com uma xícara de café na mão e de pulôver com seios perfeitamente sinceros. Esqueci de anotar que a minissaia era de couro fulvo e as botas também. Ela se encostou no IBM mexendo a colher no café.

— Esse píton, é possível ir vê-lo?

Estive à altura. Quando se vê uma pessoa que quer viver, é preciso saber se jogar na água. Eu conheço a solidão, ninguém tem que me dizer duas vezes. Joguei-me na água sem hesitar, movido apenas por meu instinto de conservação.

— Com toda certeza. Venha tomar um drinque conosco quando quiser. Vi há pouco um papagaio com uma dama no fundo da cesta. Você é bem-vinda.

— Sábado à tarde, está bem? Às cinco horas?

Respondi imediatamente, com voz clara e nítida:

— Às cinco horas.

Ela foi embora. Creio que o mundo será salvo pela feminilidade, no meu caso particular. Sei também que há no quinto andar dando para o pátio um sr. Jalbecq que guarda em seu armário um uniforme nazista com cruz gamada em caso contrário. Anoto isso aproveitando o momento página em branco em que a srta. Dreyfus me deixou.

Não sei quanto tempo aquilo durou, eu tinha ficado em pé como que fulminado e precisei me descontrair para reencontrar meu uso e poder me sentar. É verdade que tive de ficar imobilizado um bom tempo na posição em que o acontecimento me deixara, talvez até mais, pois tive de fazer um esforço muscular para me assegurar de que estava ali. Desnecessário dizer que se dou todas essas indicações é porque há certamente aqui e acolá outras belíssimas histórias de amor que não têm chance de terem acontecido, como a minha, e que desejo fazer tudo o que está em meu alcance para dar detalhes que podem instruir e encorajar.

Assim, precipitei-me para casa a fim de pegar nos braços meu velho Gros-Câlin e ensaiar com ele uns passos de dança, pois em meus momentos de alegria deixo-me levar para o meu lado báquico.

E foi aí que não encontrei Gros-Câlin. Tinha desaparecido. Completamente. Sumido. Não há lugar no meu quarto e sala onde ele pudesse se esconder sem que eu soubesse, pois conheço-os todos, e quando ele me faz pirraça, é lá que o encontro. Debaixo da cama, debaixo da poltrona, atrás das cortinas. Mas ele não estava em nenhum desses lugares possíveis.

Depois de alguns minutos de buscas intensivas, fiquei em pânico. Sentia-me perdido. Já não conseguia raciocinar corretamente, com meu sangue-frio habitual. Chegava até a me perguntar se Gros-Câlin não teria desaparecido sob o efeito da emoção que a srta. Dreyfus me causara ao me anunciar sua visita. Ou se tinha ido embora porque ele me sentia livre da necessidade e porque agora havia alguém que ia ocupar todo o espaço ao meu redor. Por gentileza, compreensão, ou ao contrário, por raiva e ciúme. A sra. Niatte devia ter deixado a porta aberta e ele se esgueirara lá para fora, tristemente desesperado. Talvez tivesse me deixado um bilhete de despedida rabiscado às pressas e molhado de lágrimas, e me deixei cair na poltrona soluçando mas não havia bilhete. E o que eu ia fazer, agora, o que seria de mim, sábado, quando a srta. Dreyfus viesse para vê-lo e verificasse que eu não estava lá, sem uma palavra de explicação? Sozinho. Era a angústia, a Grande Paris em toda a sua grandeza, inamovível, com monumentos. Rastejando baixo, ele ia ser envenenado pelo óxido de carbono. E havia a xenofobia nas ruas, as pessoas são contra a imigração selvagem e um píton não passa despercebido, até mataram árabes por menos que isso. Não tenho hábito de ser feliz e ignorava tudo dos efeitos psíquicos que um estado de felicidade de súbito pode provocar em sujeitos não acostumados. De um lado, ainda estava cercado pelo sorriso da srta. Dreyfus no elevador e que ia vir aqui, de outro, estava às voltas com a ausência de meu píton habitual, eram o dilaceramento e a confusão de sentimentos, com estado de choque.

Procurei minha zebra por todo lado e até no armário fechado à chave por fora, como todo mundo. Em qualquer livro sobre os pítons, trata-se sempre de um livro sobre a ajuda exterior.

Nada no armário, tampouco. Era o impossível em todo o seu horror.

Isso só fazia crescer ao meu redor, o impossível tornava-se cada vez mais francês a uma velocidade assustadora, com expansão e acesso à propriedade, casas prontinhas já com a chave, para melhor fechamento.

Pode-se imaginar, em suma, em que estado fiquei mergulhado com esse desaparecimento de um ser tão próximo. Tive de me deitar com minha febre e vítima de tantos nós que eu não conseguia nem respirar, com opressão. Era realmente uma vítima, em toda a acepção do termo, privado de meios, como todos os que deram todo o seu excedente a um ser humano, e quando digo "ser humano" falo no sentido mais amplo e no figurado, e que entram em casa depois de uma longa jornada de ausência sob todos os pontos de vista, sorrindo de prazer com a ideia de que vão encontrá-lo dali a pouco em casa deitado no carpete ou pendurado nas cortinas. Eu já não conseguia imaginar quem ia cuidar de mim, me alimentar e me pegar nos braços para me enrolar bem apertado em torno de seus ombros num objetivo afetuoso e de companhia. Penso que a fraternidade é um estado de confusão gramatical entre mim e eles, eu e ele, com possibilidades. A certa altura, veio-me a ideia de que eu simplesmente talvez estivesse atrasado, talvez houvesse uma greve no metrô, eu ia voltar exausto mas estaria em casa, ouviria como toda noite o barulho da chave na fechadura e Gros-Câlin entraria com os jornais debaixo do braço e a sacola de compras. Eu ia rastejar ao seu encontro num objetivo de benevolência, mordiscar a barra de sua calça como faço às vezes com gaiatice e humor, e tudo ia correr às maravilhas no melhor dos mundos, uma expressão que faz furor. Mas já não conseguia realmente acreditar nisso, já não conseguia ter oito anos, idade totalmente indispensável no final do impossível. O medo de ser abandonado no fundo da cesta com o papagaio e sem sequer uma senhora madura para nos apoiar mutuamente, a sensação, em minha garganta, de um engarrafamento de quinze quilômetros na altura de Juvisy, o terror diante da ideia de que Gros-Câlin talvez tivesse sido atropelado por um caminhão e de que a sra. Niatte ia dá-lo a uma loja de bolsas para senhoras, assumiam tais proporções que provocavam em minha cabeça um naufrágio em que flutuavam os detritos culturais rejeitados pela lama interior, com Napoleão guiando seu povo para fora do Egito, nossos ancestrais, os gauleses, o busto de Beethoven, os grevistas da Renault, o programa comum das esquerdas, a Ordem dos Médicos, o professor Lortat-Jacob propondo o abortório para simular alguma coisa e a certeza de que Gros-Câlin tinha sido escolhido para representar a França no estrangeiro. Eu sentia que iam entrar, me agarrar, sob uma rede feita para isso, que eu ia ser submetido à perícia, a fim de ver se ainda era utilizável, e entregue depois à Liga dos Direitos Humanos para dar prosseguimento, com tudo prontinho.

Pelas onze da noite, eu já tinha a tal ponto me enroscado ao meu redor que julguei mais prudente não tentar sair dali, para evitar que me desse mais nós ainda, como os cadarços dos sapatos que convém puxar com o maior cuidado. Portanto, fiquei deitado, vítima de um trânsito interior intenso, com hora de pico, engarrafamentos e sinais bloqueados no vermelho, uivos de ambulâncias, bombeiros e extintores de incêndio, enquanto tudo aquilo só ia se acumulando ao meu redor e os nascimentos continuavam pseudo-pseudo num objetivo de mão de obra, de expansão e de pleno emprego. Era o desperdício, o definhamento, a penúria e a polícia-socorro assim que havia socorro. Era o fetocismo bem conhecido, junto com a Educação Nacional. Tentei me soltar, saindo habilmente como caranguejo por associação de ideias para fugir do meu terror, passando do fetocismo ao *fettuccine* e do *fettuccine* ao fetichismo, do fetichismo à cultura, à *Nona sinfonia* de Brahms, para mudar, às evasões de Latude, aos muros que caem quando se toca trompete. Gritar o fascismo não passará, isso aí faz passar todo o resto. O fetocismo, por sua vez, não é um partido político, não é uma ideologia, não precisa de apoio popular, ele é demográfico, é a natureza que quer isso, é o direito sagrado à vida por via urinária. Fui então invadido por uma vontade de nascer absolutamente furiosa e irresistível, e consegui até me levantar e ir mijar na pia.

Uma coisa era certa: Gros-Câlin não podia ter saído, pois não tinha a chave. A única explicação possível era que tivera de fazer horas extras no escritório. Era pouco provável que tivesse ido ver as boas putas, pois em geral só vai entre meio-dia e duas da tarde, são horas vazias e ele imagina que há menos homens lá dentro. É meramente uma visão do espírito, mas é assim. Eu não podia acreditar que ele tivesse sido descoberto no metrô e morto a golpes de salto de sapato, pois os habitantes da Grande Paris, quando voltam para casa depois de um dia de trabalho, em geral estão exaustos e não se manifestam muito. Também não pensava que fosse a polícia, pois no fundo ela não tem nada contra, já que aquilo rasteja.

Eu não saberia lhes falar mais sobre meu estado de confusão, devido justamente a esse estado. Em todo caso, que se saiba, em linguagem do grande século, que consegui aos poucos me livrar dos nós e reencontrar meu estado de clareza cartesiana habitual. Era certo que Gros-Câlin rastejara para fora do apartamento, pois eu sabia que ele era um grande amante de orifícios com os quais sonhava o tempo todo. É o gênero de píton que sempre sonha com o exterior e com o que não está se produzindo por lá. Não é propriamente um invertebrado, mas um informulado.

Recomecei a procurar. Ele não estava lá. É sempre um grande triunfo da lucidez quando a gente se dá conta de que não está lá.

Fui pegar Blondine na palma da mão, acariciando-lhe suavemente a espinha, e me senti melhor, como sempre quando alguém nos demonstra amizade. Imagino que Blondine ande um bocado contente com a partida de Gros-Câlin, por motivos culinários.

Em seguida a acompanhei até a casa dela e foi na hora em que fechei o armário que ouvi sirenes que não paravam, debaixo de minha janela. Corri para abri-la e ao me debruçar avistei um carro de polícia e uma ambulância.

Logo soube quem estava na ambulância: Gros-Câlin, morto, esmagado pelo ônibus 63, onde eles têm um passageiro que há cinco anos me chamou de pobre coitado. Tinham posto o corpo na ambulância e a polícia ia investigar na minha casa as condições em que eu hospedava um trabalhador estrangeiro selvagem. Fiz então o gesto de agarrar minha metralhadora para vender caro minha pele, o gesto apenas, unicamente para me valorizar em minha estima, pois sou incapaz de metralhadora. Estava em pé no meio da sala, engolindo minhas provas de humanidade para não me trair, sendo que algumas escorregaram, porém, por meu rosto numa tentativa de fuga. Iam levar Gros-Câlin numa maca sem esperança. O diretor do Jardim Zoológico me dissera um dia: "É um belo píton esse que o senhor tem". Talvez o tivessem linchado, porque era muito parecido.

Eu esperava, com os punhos cerrados pela impotência. Mas não vinha ninguém. Havia um alvoroço mas se passava em algum lugar mais para baixo na escada. Finalmente, abandonando qualquer prudência, eu mesmo abri a porta e saí.

No andar de baixo se esgoelavam e quando me debrucei no meu andar vi, não sem surpresa, que os enfermeiros levavam nas macas a sra. Champjoie du Gestard. Omiti de mencionar, pois não havia nenhuma razão de fazê-lo, que os Champjoie du Gestard moravam embaixo. Também estavam ali dois policiais e o sr. Champjoie du Gestard, careca. Ele também estava de suspensórios. Eu já começava a me sentir alheio àquilo quando o sr. Champjoie du Gestard levantou a cabeça e reparou em mim. Seu olhar expressou tamanha fúria e indignação que finalmente me senti alvo de alguma coisa ou de alguém.

— Patife! Ignóbil indivíduo! Sátiro degenerado!

Ele veio para cima de mim enquanto o diabo esfrega um olho e acho que teria batido em mim se os policiais que o haviam seguido não tivessem intervindo com os braços. O sr. Champjoie du Gestard é alto, gordo, careca e comerciante; é titular de um rosto queixo-triplo que deveria dar alguma coisa ao Socorro Católico. Sempre tivemos até então relações cordiais pois quando se mora um em cima do outro é preciso saber se evitar. Mas dessa vez ele estava sendo vítima de si mesmo, em toda a sua fúria.

— Safadeza! Maníaco!

Parou um instante por falta de pensamento pois segundo um estudo recente o vocabulário dos franceses baixou cinquenta por cento desde o século passado. Quis ajudá-lo. Sugeri:

— Marchapé! Merdapé! Salpicadura!

Ele não compreendeu que eu lhe dava ideias e pensou que eram insultos pessoais. Os dois policiais custaram a impedi-lo.

— Vagabunda! Fazer isso com uma mulher honesta!

— O senhor vai nos acompanhar à delegacia! — disse um dos dois policiais, inquieto porque se falava de honestidade, enquanto o outro o deixava falar.

O sr. Champjoie du Gestard me lançou uma cusparada na cara mas eu estava três degraus acima e não adiantou nada.

Eles o trancaram no seu habitat. Depois me convidaram firmemente pelos braços a segui-los até a delegacia.

Imaginem minha alegria, minha felicidade, quando vi na jaula da delegacia do 15º Arrondissement... quem vocês supõem, senão meu querido velho Gros-Câlin em pessoa, enrolado vinte vezes sobre si mesmo, num objetivo de terror e de autodefesa! Estava sozinho, tinham mandado sair da jaula as boas putas habituais e os turistas sem documentos de identidade que não podiam provar que eram japoneses. Estiquei as mãos entre as grades e acariciei Gros-Câlin que me reconheceu pela doçura do tato e logo se extricou de seus nós num movimento suntuoso e se desenrolou com uma facilidade imperial em todo o seu esplendor, erguendo-se em espirais para que eu lhe acariciasse a cabeça que é especialmente sensível à afeição dos seus, e havia ali uma puta — digo-o com a maior ternura —, uma puta loura muito doce, como costumam ser quando ainda acreditam no que fazem, e que disse:

— Ele é uma gracinha.

Fiquei comovido e até enrubesci de vez com esse elogio. Fui então chamado a entrar na sala do delegado que eu já conhecia e foi aí que soube o que tinha acontecido entre Gros-Câlin e o mundo que nos é exterior.

Eu sabia que ele gostava muito de água e jamais o deixava brincar no banheiro por causa de seu uso. Mas naquele dia, ao ir embora, fechei mal a porta e Gros-Câlin, que é muito explorador, se esgueirou lá para dentro. Daí a se interessar pela latrina foi só um passo e Gros-Câlin, com seu gosto pelos orifícios, primeiro deslizou para o vaso e de lá para o cano da descarga. Depois de uma descida refrescante de um andar, foi parar no vaso do banheiro dos Champjoie du Gestard bem no momento em que quis a desgraça que a sra. Champjoie du Gestard acabava de se instalar com todo o conforto no assento da privada. Gros-Câlin ergueu-se para respirar, curioso, fora da tubulação e ao fazê-lo tocou na pessoa da sra. Champjoie du Gestard. Esta, sendo muito reservada, gostando de música e dos bordados finos, primeiro pensou numa ilusão, mas quando Gros-Câlin perseverou em seus esforços dando aqui e ali no bumbunzinho da sra. Champjoie du Gestard umas cabeçadas em sua sensibilidade, esta pensou num acidente na tubulação e olhou para dentro do vaso, para dar de cara com um píton de belo tamanho, que emergia. Então deu um berro pavoroso e desmaiou no ato, pois convém dizer que Gros-Câlin tem dois metros e vinte e ela não está acostumada a isso. Seguiu-se o grande alvoroço já mencionado, com o sr. Champjoie du Gestard, polícia-socorro e ambulância. Tentei explicar ao delegado que meu píton era absolutamente inofensivo e que encostara pelo mais puro dos acasos na xerequinha da sra. Champjoie du Gestard, mas foi nesse momento que o sr. Champjoie du Gestard ali se introduziu, por sua vez, e de novo me cobriu de "imundo!", "tarado!" como se fosse eu que tivesse me introduzido no cano para tocar na periquita da sra. Champjoie du Gestard. Eu me defendi pé ante pé, dizendo-lhe que mexia com estatísticas e com mais nada, e que não deslizava pelos canos de merda, mas ele não dava o braço a torcer. O delegado me disse que eu corria o risco de ser levado à justiça por choque nervoso com perdas e danos. Perguntou-me mais uma vez se eu tinha autorização para manter imigrantes selvagens no apartamento e lhe mostrei meus documentos de identidade. Mas custei muito a convencê-lo de que não tinha feito Gros-Câlin descer de propósito num cano de merda com um objetivo inconfesso. Quando consegui enfim entrar na jaula e pegar Gros-Câlin nos braços, este encostou a cabeça no meu ombro e logo adormeceu de emoção.

Eu quis sair o quanto antes, cumprimentando a todos.

— O senhor não pode andar pelas ruas de Paris com um píton enrolado em si mesmo — disse-me o delegado, paternal. — É uma cidade que vive com os nervos à flor da pele, a menor fagulha pode acender o rastilho. Isso só se mantém por rotina, por hábito. Mas se as pessoas se sentem provocadas, e pomos diante dos olhos delas uma outra possibilidade, arriscam-se a quebrar tudo.

Para minha surpresa, porém, estendeu a mão e acariciou a boa cabeça sonhadora de Gros-Câlin.

— É bonito, é natural — ele disse, do fundo de sua delegacia. Suspirou.

— Pois é, bem, que se há de fazer! — ele disse. — É longe, tudo isso.

— De fato — disse eu. — É agradável voltar para casa de noite na profissão que a gente exerce e encontrar um representante da natureza.

— Sim, isso existe — disse o delegado. — Enfim, vá em frente, mas seja prudente. Pegue um táxi. Essa aglomeração pode dar um pulo de uma hora para outra. Só se segura pelo hábito. Outro dia, um sujeito começou a correr pelas ruas dando tiros de fuzil, assim, com razão, sem razão, quero dizer. Então o senhor, com o seu píton... As pessoas se sentem insultadas em seu padrão de vida. Bem, adeus. Mas não escorregue mais nos canos de merda para fazer cócegas na pererequinha das mulheres honestas. Sei que não é o senhor, é o píton, mas é sob sua responsabilidade. E se o senhor estiver devorado pela necessidade de desafogar sua lesma, vá ver as moças.

Ele não tirava os olhos do píton. Evidentemente, não era todo dia. As boas putas também o olhavam, e até os tiras. Viam muito bem que havia ali alguma coisa de natural. E além disso, ora bolas, era, afinal, alguém diferente!

— Pois é, bem, é uma obra de longo fôlego — disse o delegado, e como ninguém sabia do que ele falava, houve um momento de esperança.

Ao voltar para casa, como que a propósito, encontrei debaixo da porta uma folha amarela: o Estado das Coisas tinha ido a minha casa para me recensear. Preenchi a ficha com solicitude, pois isso pode ser útil em caso de dúvida, se fosse preciso provar minha existência. Quando vai se indo para os três bilhões, com seis bilhões previstos daqui a dez anos, isso é muito difícil, por causa da inflação, da expansão, da desvalorização, da depreciação e da carne em pé de modo geral.

Estávamos na sexta-feira e a srta. Dreyfus devia me fazer uma visita no dia seguinte às cinco horas.

Cuidei dos preparativos. Eu não tentava impressionar Irénée com artifícios de apresentação e valorização. Queria ser amado por mim mesmo. Limitei-me simplesmente a tomar um banho prolongado para lavar os últimos traços do tubo da canalização. Fui tirado de meu banho por um telefonema, naturalmente era engano, e de tanto responder sempre "é engano", começo a me sentir assim, quer dizer, como um engano. Recebo um número inacreditável de chamadas telefônicas de pessoas que não me conhecem e não perguntam por mim, acho muito comoventes essas indagações em busca de alguém, talvez haja um subconsciente telefônico em que se elabora alguma coisa totalmente distinta.

Pus sobre a mesa um copinho com muguets e arrumei sobre a toalha meu serviço de chá para duas pessoas, com dois guardanapos vermelhos em forma de coração. O serviço de chá para duas pessoas está em minha possessão já há muito tempo, pois convém demonstrar à vida as marcas de confiança a que ela está acostumada e que às vezes conseguem enternecê-la. Nem de longe eu sabia o que devia servir com o chá e pensei em todas as dificuldades que tivera para me acostumar aos hábitos alimentares de Gros-Câlin, mas a srta. Dreyfus já habitava sob nossas latitudes há muito tempo e eu tinha certeza de que se aclimatara e comia um pouco de tudo.

Dormi pouquíssimo, preparando-me para o encontro, com suores frios, pois estava convencido de que realmente a srta. Dreyfus viria e quando esperamos o amor por toda a nossa vida não estamos nem um pouco preparados.

Eu refletia, me dizia que o que faltava sobretudo para o bom funcionamento do sistema era o erro humano, e que este deveria intervir urgentemente. Mas, afinal, como dissera Gros-Câlin, "perdoa-lhes, pois eles não sabem o que são". Também me permitiria observar aos meus alunos, caso a publicação do presente tratado me valesse uma cátedra no Museu de História Natural, que o fim do impossível pode ser observado em seu estado primaveril e premonitório sob os castanheiros, sobre os bancos do Luxembourg e nos portões dos edifícios, é o que se chama justamente *prologomènes*, do inglês, *prólogo* aos *men*, homens, no sentido de *pressentimento*.

Passemos agora ao erro humano em questão.

Eu estava pronto para receber a srta. Dreyfus desde as duas da tarde, pois ela anunciara sua visita para as cinco horas mas a gente conhece os engarrafamentos de Paris.

Tinha colocado Gros-Câlin bem em evidência sobre a poltrona perto da janela, à luz que o fazia brilhar atrativamente (do inglês *attractive*, atraente) pois contava com ele para agradar.

Eu vestia um terno claro, com uma gravata verde. É preciso vestir-se bem, pois assim você corre menos risco de ser esmagado ao atravessar, as pessoas prestam mais atenção quando acreditam que você é alguém. Tenho o cabelo um pouco alourado e ralo mas isso felizmente não se vê, pois tenho um rosto que não chama atenção. Não é incômodo, ao contrário, já que isso faz com que melhor sobressaiam minhas qualidades interiores que Gros-Câlin expressa melhor que ninguém pela dedicação que lhe demonstro. Desculpem-me por esse nó, devido ao nervosismo.

A campainha da porta tocou às quatro e meia e fui assaltado de pânico diante da ideia de que talvez fosse mais um número errado. Refiz-me e corri para abrir, esforçando-me em parecer muito descontraído, pois uma moça que vai pela primeira vez a um encontro com um píton nunca se sente em seus melhores dias e convém deixá-la à vontade.

A srta. Dreyfus mantinha-se diante da porta de minissaia e botas fulvas acima do joelho mas não era só isso.

Havia três colegas de escritório com ela.

Olhei-os com tamanha palidez que a srta. Dreyfus pareceu inquieta.

— Pois é, aqui estamos — ela disse, com seu sotaque cantado das ilhas. — O que é que você tem, está meio perplexo, esqueceu que nós vínhamos?

Eu os teria estrangulado. Sou perfeitamente inofensivo, contrariamente aos preconceitos, mas aqueles três pilantras ali eu os teria agarrado no meu abraço de ferro e estrangulado.

Sorri-lhes.

— Entrem — disse, abrindo a porta num gesto amplo, como quem oferece o próprio peito.

Entraram. Havia ali meu subchefe, Lotard, e dois homens da seção de controle, Brancadier e Lamberjac.

— Estou contente em vê-los — disse.

Foi então que me vi reduzido a migalhas.

No meu quarto e sala, entra-se de imediato no salão. Foi o que eles fizeram sem pestanejar. Logo a srta. Dreyfus se virou para mim com um lindo sorriso. Mas os outros...

Nem sequer olharam para Gros-Câlin.

Olharam para a mesa.

O ramalhete de muguets.

O serviço de chá para dois.

Os dois guardanapos em forma de corações, aqueles canalhas.

Tudo para dois e dois para tudo.

Sobretudo o muguet, que só tem cheiro para dois, e os corações.

Morri sob seus olhares debochados ali mesmo mas logo fui ressuscitado, pois não tinham acabado de rir.

Era uma terrível traição. Uma atrocidade, vista e sabida por todos.

Ali eu me mantinha nu em pelo e havia ironia no ar. Não sou do gênero que se suicida, pois não tenho nenhuma pretensão e toda a morte já está ocupada com outras coisas. Eu não era interessante, não havia o suficiente para um massacre e para o interesse.

Eu não tinha direito àquilo, é claro. Quer dizer, ao muguet que cheirava para dois, ao banco debaixo dos castanheiros do Luxembourg, aos portões dos edifícios, ao serviço para dois, aos dois guardanapos em forma de corações.

Eu não tinha direito àquilo, nunca tinha havido promessa, existia apenas um pequeno excedente de nascimento pseudo--pseudo, e o elevador.

Mas era um erro humano, a esperança.

— É muita gentileza — disse a srta. Dreyfus olhando os dois corações.

Os outros também não tiravam os olhos deles. Olhares pesados que se sentavam ali em cima.

— Às vezes isso resvala para o funcionamento do IBM — gaguejei.

Eu queria dizer, um erro humano pode se produzir no funcionamento dos melhores sistemas, mas eu não precisava me justificar, eu era, apesar de mim.

— É um pouco kitsch — disse eu, com um esforço heroico para ajudar os dois guardanapos em forma de corações, pois naquele momento me sentia tão fraco que precisava de qualquer maneira ajudar alguém.

— Acho que estamos sobrando — disse Lamberjac, que era esperto, e empregou essa palavra em desespero de causa.

— Vamos deixá-los — disse Lamberjac.

Os dois outros também. É claro que estavam rolando de rir, sem mostrar, mas isso se sentia pela maneira como eu estava mal.

Virei-me para pedir socorro a Gros-Câlin. Eu tinha posto minha mão esquerda no bolso do paletó, com displicência. Havia sirenes que uivavam no meu esconderijo interior onde eu estava enrolado sobre mim mesmo para me proteger de todos os lados. Jean Moulin era meu chefe secreto mas a Gestapo também lhe armara uma cilada num encontro, em Caluire. Eu olhava para Gros-Câlin. Ele repousava em anéis, a pálpebra pesada, o olho soberanamente desdenhoso na poltrona de uma espécie totalmente diferente. Ele estava bem camuflado e seus documentos estavam em ordem. Mas Jean Moulin devia ter se matado para não confessar quem era.

— Como é que um píton vive? — perguntou Brancadier, que no trabalho era subordinado a Lamberjac.

— Eles se habituaram — disse-lhe.

— O hábito é uma segunda natureza — disse Lamberjac com profundidade.

Aquiesci, secamente.

— Perfeitamente exato. Nós passamos a ser, ao acaso, aguentamos o tranco.

— A adaptação ao meio — disse Lamberjac.

— É a adaptação que cria o meio — observei.

— O que ele come? — perguntou Brancadier.

Observei então que o subchefe Lotard e a srta. Dreyfus tinham passado para a cozinha. Deviam olhar o que eu comia, na geladeira.

Não pensei duas vezes. Fiquei paralisado de indignação.

Aliás, os pítons não atacam. Tudo isso são calúnias. Gros-Câlin estava deitado tranquilamente em seu reino animal.

Corri à cozinha.

A srta. Dreyfus procurava outras xícaras no armário. Ouvi os dois outros rirem na sala. Cruzei os braços sobre o peito e sorri com desprezo, do fundo de minha superioridade.

— Vou esperá-los lá embaixo, no carro — disse Lotard. — Estou mal estacionado. Até já. É muito bonito o seu píton. Fico contente de ter visto isso. Até segunda, senhor...

Ele ia dizer "sr. Gros-Câlin", eu ouvi nitidamente.

— ... sr. Cousin. E obrigado. É interessante ver um píton em liberdade.

A srta. Dreyfus fechou o armário. Evidentemente, eu não tinha talheres para muitos. Jamais conto além de dois, quando estou sozinho. Não entendia por que a srta. Dreyfus me olhava assim.

— Sabe, sinto muito — ela disse. — Realmente. É um mal--entendido. Eles queriam ver o píton...

Baixou os olhos, com muitos cílios. Até pensei que ela ia chorar, em minha imaginação. Outro dia li que um marinheiro náufrago ficara três dias no oceano se afogando e que o tinham repescado. O negócio é continuar a respirar. Eu engolia o ar. Ela parecia sempre à beira de minhas lágrimas, com os cílios baixos. Então...

Então, dei um sorriso um pouco amargo, fui à geladeira e a abri amplamente.

— Pode olhar — disse-lhe.

Dentro havia leite, ovos, manteiga, presunto. Como todo mundo e com os mesmos direitos. Ovos, manteiga, presunto, tínhamos isso em comum. Eu não comia camundongos vivos, ainda não tinha me submetido, resignado. Eu era um erro humano que uns patifes medonhos tentam corrigir, e ponto-final.

Tornei a cruzar os braços sobre o peito.

— Onde está o seu píton? — ela me perguntou suavemente.

Ela queria me dar a entender que eu não tinha de me defender, de dar provas. Para ela meu caráter humano era claro e estava estabelecido, o píton era o outro.

Fomos para a sala.

Na passagem, ela fez algo enorme.

Apertou minha mão.

Só entendi isso bem depois, já que na hora pensei que era apenas o acaso que encontrava a necessidade. Em geral há mais órgão do que função, e de qualquer maneira não penso que isso possa acontecer por via urinária.

Entramos de comum acordo na sala.

Lamberjac e Brancadier estavam debruçados sobre Gros-
-Câlin.

— Ele é muito bem tratado — disse Lamberjac. — Está de
parabéns.

— Faz muito tempo que se apaixonou pela natureza? — perguntou Brancadier.

— Não estou informado — disse eu, sempre de braços cru-
zados. — Não estou informado, mas é permitido sonhar.

Acrescentei, levantando a cabeça e cruzando os braços cada
vez mais:

— A natureza, a natureza, é fácil dizer.

— Sim, o meio ambiente — disse Lamberjac. — É preciso
proteger as espécies em vias de extinção.

— Para isso seria preciso um erro — disse eu sem insistir,
pois eles não tinham os meios para a insistência.

— Os grandes macacos, as baleias e as focas estão igualmente
ameaçados — disse Brancadier.

— Há de fato algo a fazer — disse eu, mas sem cair na risada.

— Sim, as espécies — disse Lamberjac. — Há umas que estão prestes a se extinguir.

Fiquei imperturbável diante da alusão.

— Isso dá panos para manga — disse Lamberjac com ar de
quem ainda está com apetite.

Virou-se para mim com seu repartido no meio.

— Felicito-o, meu caro. Você, ao menos, faz um esforço.

Eu cruzava os braços sobre o peito com tamanha força que
senti uma verdadeira presença afetiva. Os braços são de importância capital para o calor do reconforto.

Eu continuava a dominar a situação sem uma palavra. Se
não tivesse havido o desastre dos dois guardanapos de corações, teria me safado muito bem, como quem não quer nada.
Mas eles continuavam ali, bem vermelhos, com seu muguet,
e eu já não podia nada por eles.

A srta. Dreyfus estava retocando a maquiagem perto da janela, na luz. Ela esperava que os outros fossem embora mas eles estavam na festa. Não é possível ser como todo mundo sem estar cercado de quem se zanga conosco e de ficar zangado.

Noto rapidamente e de passagem que aspiro com todo meu fôlego respiratório a uma língua estrangeira. Uma língua totalmente distinta e sem precedente, com possibilidades.

Esqueci também de mencionar neste contexto que toda vez que passo diante do açougue da Rue des Saules o açougueiro me pisca o olho, tocando com a faca sua carne vermelha que se cala em silêncio, no balcão. Os açougueiros, é claro, estão muito habituados à carne. Eu gostaria tanto de ser inglês e imperturbável. A visão da língua muda no balcão dos açougues me ataca com injustiça e com papagaio consternado no fundo da cesta. Convém não esquecer que os papagaios consternados são espécimes sobremodo típicas de se observar, em razão de sua falta de expressão por vocabulário calculado, premeditado, repetitivo e imposto de antemão, justamente, com esse objetivo de limite que lhes foi conferido. Daí a consternação e o olho redondo no fundo da cesta sofrendo de incompreensível. Hão de me objetar que é óbvio que existem os poetas que lutam heroicamente para passarem através, mas não são considerados perigosos, por causa das tiragens extremamente limitadas e dos meios audiovisuais encarregados de evitá-los. Salvo na Rússia soviética, onde são cuidadosamente fulminados, por causa de seu caráter de erro humano que não seria tolerado, para o bom andamento dos abortos e da civilização que deles depende e a eles se aferram. Aferem.

Desconfio especialmente desse açougueiro, porque ele adora os cortes de qualidade, é sabido em todo o bairro.

A srta. Dreyfus pôs o batom na bolsa e a fechou com um clic. Estendeu-me a mão. Não tinha nem olhado para Gros-Câlin. Há sempre entre os negros um constrangimento diante de um lembrete de suas origens, por causa da selva, dos macacos e dos racistas. Não existe raça inferior, pois ninguém é obrigado a fazer o que não pode.

— Desculpe, mas vou chegar atrasada. Até segunda. Foi simpático ter vindo.

Acho que fui eu que disse esta última frase, com savoir-vivre. Lamberjac me deu um tapinha no ombro.

— Estou contente de ter visto isso — ele disse. — É preciso manter um vínculo com a natureza. Parabéns.

— Sim, é bom, é bom o que você faz — disse Brancadier, protetor.

— Obrigada mais uma vez — disse a srta. Dreyfus. — Até segunda.

— Até qualquer dia — disse-lhes sem me comprometer.

Fechei de novo a porta. Eles esperavam o elevador. Hesitei um instante, pois no fundo não queria saber mas era tarde demais.

— Não é possível! — dizia Lamberjac. — Não é possível! Vocês se deram conta?

— Ah, juro a vocês, valia a pena ver isso aí! — disse Brancadier. — Viram os dois corações em cima da mesa?

— O que é que esse cara tem! — disse Lotard, que provavelmente tinha subido de novo, pela companhia.

— Já imaginou que vida é essa? — disse Brancadier, para se sentir mais alto e superior.

— Coitado dele — disse Lamberjac, diferente também.

Neles, era demográfico: tentavam por todos os meios levantar o nariz acima do lamaçal. É um método respiratório conhecido, pelo nariz, que se tenta levantar para salvar a respiração pessoal. É a personalidade, com autossugestão.

Eu esperava atrás da porta para benefício do presente tratado, num objetivo documental.

A srta. Dreyfus não dizia nada.

Ela não dizia nada. Sou eu que sublinho.

Estava comovida, transtornada, à beira das lágrimas.

Era um silêncio assim, eu o ouvia claramente em mim, com evidência. Encostei meu rosto na porta de meu habitat, encostei ternamente, como se eu fosse ela (a srta. Dreyfus), e sorri. Sentia que estávamos nós três na Resistência, na mesma rede clandestina e que fazíamos um bom trabalho. E não era pouco, não era pouca coisa, tendo em vista a organização criada pela IBM para impedir o erro humano, em vista de sua supressão.

Confesso, porém, que a prova à que eu fora submetido me deixou de tal forma com tantos nós e enrolado sobre mim mesmo que não ousei me mexer temendo me causar ainda mais dor.

Acalmei-me aos poucos, e tirei uma soneca para me recuperar. Recuperei-me, aliás, sem dificuldade, ileso, com todas as mutilações intactas e em bom estado de funcionamento. Fui até jantar num restaurante chinês da Rue Blatte, onde a gente se sente muito bem, pois o lugar é bem pequeno, as mesas e as pessoas humanas ficam muito apertadas umas contra as outras e quem está sozinho tem a impressão de ser vários porque todos se acotovelam fraternalmente com as outras mesas. Captamos frases que não nos são dirigidas mas que vão direto ao nosso coração. Participamos das conversas, aproveitamos as boas tiradas que circulam, e temos assim ocasião de demonstrar aos outros nosso interesse e nossa simpatia, e de lhes manifestar atenção. É o calor humano. Ali, naquele ambiente fraterno, eu desabrocho, faço-me de mestre de cerimônias em meu forte íntimo, com o charuto nos lábios, sinto-me bem. A companhia e o ambiente descontraído são perfeitamente meu gênero. Aliás, sei muito bem que não se pode levar seu píton ao restaurante e faço o necessário para respeitar as conveniências. Tudo se passou especialmente bem naquele dia, havia casais de namorados, um à esquerda, outro à direita, e fui brindado com as palavras doces, meigas, a mão apertada, tudo. É o melhor restaurante chinês de Paris.

Voltei para casa mas depois de um dia tão cheio custei a dormir. Levantei-me duas vezes para me olhar no espelho dos pés à cabeça, talvez já houvesse sinais. Nada. Sempre a mesma pele e os mesmos lugares.

Acho que quando houver abertura, isso não se fará a partir daqui, mas de lá. Um momento de distração no bom funcionamento, um início de bondade, depois de uma desatenção. Aliás, sempre me perguntei por que a primavera se manifesta apenas na natureza e nunca em nós. Seria maravilhoso se pudéssemos dar à luz por volta de abril-maio alguma coisa de propriamente dito.

Por isso, me examinei dos pés à cabeça, mas só encontrei uma pinta sob a axila esquerda que talvez já estivesse lá antes. É verdade que estávamos em novembro.

Fui buscar Gros-Câlin mas ele estava de maus bofes, negou-se a cuidar de mim e escorregou para debaixo da cama, o que é sua maneira de pôr um cartaz com "Favor não incomodar". Voltei a me deitar, com uma terrível impressão de mortalidade infantil. Ouvia lá fora os aviões a jato que zumbiam, os carros da polícia que varavam a noite num objetivo bem determinado, os veículos que avançavam e eu tentava me reconfortar dizendo-me que alguém ia a algum lugar. Pensava nas laranjas da distante Itália, por causa do sol. Repetia-me também que por todo lado há extintores de incêndio e que até continuavam a fabricá-los com previdência, e que, afinal, não era a troco de nada, de vagas promessas, e que era, pensando bem, em vista do e no campo do possível. Minha janela é bastante iluminada do exterior pela via pública e se houvesse uma dessas escadas extensíveis que sobem em caso de urgência até qualquer andar para salvar as vítimas, eu poderia ter avistado uma silhueta humana no horizonte. Aliás, é perfeitamente possível que tentem me isolar, me descobrir e me identificar, me descrever e me introduzir para a autodefesa do organismo, como Pasteur ou a penicilina, mas no conjunto acho que há prêmios Nobel que se perdem. Finalmente, levantei-me a pretexto de mijar, peguei Blondine na palma da mão e a coloquei sob minha proteção. Várias vezes ela tocou minha palma com seu minifocinho e era como o beijo de uma gota de orvalho.

No dia seguinte eu estava muito adiantado quando cheguei à STAT, pois me sentia angustiado e temendo chegar atrasado, caso alguma coisa acontecesse. Devo confessar também, sem falsa vergonha, que temia um pouco rever a srta. Dreyfus no dia seguinte de nossa intimidade. Pensava nervosamente em todas as coisas que não tínhamos nos dito mas que tínhamos trocado de maneira tácita e por afinidade. Li em *L'Histoire de la Résistance*, em cinco volumes para se recuperar, que havia sim uma corrente misteriosa subterrânea do grande rio Amor que circulava em profundidade, com cumplicidade, e que bastava um momento de fraqueza para alcançá-lo e para que o impossível deixasse de ser francês. É justamente por causa de sua fraqueza que se fala da centelha sagrada, há aí uma imensa justiça na expressão, pois em geral ela só se encontra aí. Aqueles que então eram chamados de "resistentes", no sentido próprio da palavra, saíam com toda espécie de prudências e astúcias de Sioux de seus fortes íntimos, juntavam-se sub-repticiamente e então acendiam-se grandes e belas coisas. Iluminações. Eram, pois, seres da *mesma espécie*. Sublinho isso para a meia-palavra que basta ao bom entendedor. Não sou um incendiário, falo no sentido de calor, pois as centelhas sagradas servem hoje sobretudo para aquecer as mãos.

Houve, naquele dia, segundo as informações recebidas por telex à STAT, que é especializada nos cálculos de rendimento, uma nova chegada de braços — no sentido bem conhecido de "faltam braços à agricultura" — cujo total para a França, apenas para a França!, elevava-se ao capital de trezentos mil, imediatamente vocabularizados na forma de recém-nascidos, com mães de família felizes porque finalmente aquilo acontecia com outra pessoa. Logo pude ver que o meu IBM estava contente, houve até no teclado uma espécie de sorriso: não ia faltar, e isso é sempre muito importante para a máquina. Trezentas mil novas chegadas por vias urinárias é o que se chama de renda nacional bruta. Limitei-me a ir tomar um café pois não me julgo Jesus Cristo e, afinal de contas, o pleno emprego da porra, as necessidades da expansão, a agricultura que carece de braços, os recém-nascidos pseudo-pseudo e o estímulo à vaca francesa e a competição de nossos bancos de esperma com a China não são para mim, nem aliás para Jesus Cristo, problemas de nascimento.

No café, abri corajosamente meu jornal e li nesse contexto que o ministro da Saúde que então se chamava provisoriamente Jean Foyer, se pronunciara com vigor contra o aborto, na tribuna democrática, no sentido de que tanto faz como tanto fez. Ele declarou, e sou eu que cito, a esse respeito: "Tenho certas convicções às quais nunca renunciarei". Fiquei contente. Também sou contra o aborto, dos pés à cabeça. Sou pela integridade da pessoa humana, dos pés à cabeça, com direito ao nascimento. Tampouco tenho "convicções às quais nunca renunciarei". Também prefiro que sejam os outros que renunciem a elas. Também dou grande importância ao meu conforto e à minha limpeza. Também lavo as mãos.

Há até todo dia no jornal uma página dedicada às manifestações artísticas e culturais sustentatórias num objetivo de consolação da Igreja e de despercebido. O despercebido com continuação é o grande objetivo desses encorajamentos. É o pseudo-pseudo. Eu, eu sou a favor. Isso permite melhor esconder Jean Moulin e Pierre Brossolette, pois vocês bem imaginam que não era lá que iriam procurá-los.

E isso dá até mesmo mais gosto ao café expresso bem forte à italiana, pois é autêntico.

Portanto, eu estava tranquilamente encostado no balcão quando quem vejo no outro extremo? O rapaz do escritório. Assim, como por acaso, em pleno processo de contagem do gado. É um baixinho atarracado do gênero francês, com um olhar risonho e alegre ao mesmo tempo, mas nada malvado. Também tomava um café, acotovelado no bebedouro de zinco, com cara de quem não quer nada mas com uma piscadela de soslaio. Isto é, ele não me piscava o olho, mas eu sentia que poderia piscar. Com esse objetivo dei-lhe um leve cumprimento, mas ele não reagiu, nada. Nem sequer bom-dia. Meu coração gelou, como sempre que há manifestação de rejeição e fracasso de transplante de coração. Não tínhamos rigorosamente nada a nos dizer mas era o mesmo nada que tínhamos realmente em comum. Ele ficava ali, acotovelado no balcão do abortório, e comia um ovo cozido, tomava um café e mais nada. Havia um clarão contente em seu olhar, mas era o café, não era eu. A apreciação, a satisfação, a amizade até, que as pessoas podem demonstrar a uma vulgar xícara de café é inacreditável. E depois dirigiu-se a mim, movido talvez por um pressentimento, pois é incontestavelmente alguém que continua a acreditar na sorte com as duas mãos, quer dizer, ele acredita que a sorte é algo que se pode fazer com as mãos, no sentido orgulhoso do termo.

— Pensei em você, ontem.

Assim, direto no coração.

— E trouxe uma coisa para você, tome...

Tirou do bolso, muito simplesmente, uma folha impressa previamente e me entregou.

— Aprenda de cor. Isso vai lhe fazer bem, só de saber que é possível e que isso existe.

Jogou uma moeda de um franco e foi embora com as mãos nos bolsos e um passo seguro e certo que não teme não teme nada nem ninguém e se dirige para a saída. O tipo de sujeito que faz ele mesmo suas portas, ora! Isso me irrita porque me inquieta, como se houvesse alguma coisa a fazer.

Olhei para a folha. Estava muito mal impressa, num mimeógrafo. Tive de pôr os óculos. Havia um título. *Como fabricar bombas em domicílio com produtos de primeira necessidade...*

Pensei que meu coração fosse parar. É uma crença popular. E se houvesse tiras à paisana no bistrô, para ficar de olho em mim? Depressa, rasguei o prospecto. Eu via uma espécie de nevoeiro que pairava e os faróis ofuscantes por sua luz que me vasculhavam nos menores recantos e batiam à porta às seis horas da manhã, de capote de couro preto. Fiquei apavorado com a ideia de que tinha esquecido de despendurar das paredes os retratos de Jean Moulin e Pierre Brossolette e que os faróis-perseguição iam ver aquilo na primeira olhadela. Até ouvi claramente a campainha às seis da manhã, embora estivéssemos no balcão, entre os croissants e os ovos cozidos. Em mim o pânico sempre assume formas humanas, com golpe de Estado militar no Chile, tortura na Argélia, conflito israelo-árabe e paz no Vietnã. É imediatamente o reino interior do terror, enquanto em outros lugares tudo está tão sossegado. Não se notou o suficiente que o medo abjeto e o horror são estados de perfeita lucidez, com tomada de consciência objetiva do existório, com consequências e o que daí decorre. A confusão psíquica total demonstra um julgamento perfeitamente justo e o estado das coisas. A angústia deve ser a qualquer preço encorajada entre os prematuros num objetivo de nascimento. Pode-se nascer de medo, é bem sabido.

No entanto, me refiz muito depressa, no exato momento em que ia confessar que escondia em casa um píton judeu. Retomei-me em mãos e por conta própria, com o virtuosismo de quem está habituado à clandestinidade, para que viva a França. Terminei meu café, como quem não quer nada, e até pedi outro, ali, bem visível, para assinalar que não tinha a menor intenção de fugir. Li tudo sobre a Resistência do Interior, mas também sabia que dessa vez era muito diferente: já não se fuzila no Mont Valérien.*

Enxuguei o suor do balcão e retomei meu cachimbo, meu ar inglês. Aquele rapaz do escritório começa a correr atrás de mim, seriamente. Quando me olha com seu jeito popular, parece que sabe e que inclusive conta os nós que eu dou. Se já não temos o direito de estar em casa...

Para os organismos vivos que não têm meios de defesa, e que são acossados de todos os lados pela liberdade que se recusa a confessar-se impossível, a clandestinidade é a única saída. Evidentemente, convém a esse respeito romper todas as relações com ela, com paz de espírito e uniforme nazista, mas eu só aceitaria isso se viesse da esquerda. Sou inseguro a esse respeito, e só posso aceitar produtos com certificação de origem. O label é de suma importância em matéria de paz de espírito, pois com ele se sabe que a matéria é louvável. Felizmente, não há neste momento verdadeira ameaça fascista, pois tudo se passa muito bem sem isso. As pessoas que nos ameaçam com o perigo fascista se agarram a uma esperança desesperada e a uma razão de viver. Sei muito bem que o uniforme

---

* O Mont Valérien, em Suresnes, arredores de Paris, foi o principal lugar de execução dos resistentes pelo ocupante nazista durante a Segunda Guerra Mundial. Depois da guerra, foi escolhido para homenagear a memória dos mortos pela França entre 1939 e 1945.

fascista me esconderia melhor do que a clandestinidade interior, mas a presente é uma obra sobre os pítons, e sei por experiência, observação pessoal e certeza que os pítons sonham com coisa totalmente diferente, pois sabem que no final é com a pele deles que fabricarão as botas, os escudos e os cinturões, com capotes de couro às seis horas da manhã. Portanto, arrumei esconderijos interiores de todo tipo e possibilidades de recuo em mim mesmo, pois essa questão do habitat é a primeira que se coloca aos pítons numa aglomeração de dez milhões de pessoas, com vaivém. E quando saio de lá para ir ao escritório ou às boas putas, não corro grandes riscos, porque as pessoas no aglomerado parisiense não têm tempo por causa das dificuldades de trânsito no existório.

Pude finalmente sair do café com ar inocente e vi a srta. Dreyfus chegar às nove em ponto. Ela me deu um belíssimo sorriso com seus lábios e seus músculos faciais, entrando no elevador. Fiquei muito emocionado, pois quando os apaixonados se reveem depois do primeiro encontro na intimidade, há sempre um certo constrangimento, um nervosismo compreensível. É a psicologia que faz isso. Eu nem sabia se ela tinha parentes em Paris e se os havia informado. E é melhor que haja coisas que permaneçam íntimas, que jamais sejam ditas. Já há tantas guimbas que a gente apanha sob os pés dos outros!

— Bom dia. Você nos recebeu muito gentilmente no sábado.

Nessa aí, eu fui formidável. Peguei no ar a ocasião e dei um passo de gigante.

— Você vai às vezes ao cinema? — perguntei.

Assim, muito descontraído. Havia cinco pessoas no elevador e isso fez o efeito de uma bomba. Bem, isso me fez o efeito de uma bomba. Os outros faziam como se nada fosse. Não pareciam compreender que eu convidava a srta. Dreyfus para ir ao cinema, pura e simplesmente.

— Muito raramente. Quando volto para casa, à noite, estou exausta… no domingo eu descanso.

Ela me dava assim a entender que para mim abriria uma exceção. E também que não ficava fazendo hora na rua mas que cuidava de seu interior, preparava a comida, cuidava de nossos filhos, esperando minha volta para casa. Eu ia, igualmente seco, lhe propor sairmos juntos, no domingo seguinte, mas tínhamos chegado. Vimo-nos no hall do andar e ela me disse antes de se dirigir à sua sala com um ar cheio de significado:

— Você vive realmente muito sozinho.

Assunto encerrado. Não se pode ser mais claro no hall do andar.

— Só mesmo se sentindo sem ninguém para viver com um píton... Bem, até qualquer dia, quem sabe.

Fiquei ali radiante, respirando seu perfume. Ela tornou a me sorrir antes de ir embora, afastando os lábios com uma contração muscular, e o sorriso ficou no hall do elevador um bom tempo, com o perfume. Cheguei diante do meu IBM com quinze minutos de atraso, devo ter ficado no hall uns quinze minutos com seu sorriso.

Sentia que os acontecimentos se precipitavam e resolvi comprar um buquê de flores e lhe fazer uma surpresa. Em vez de ficar embaixo, diante do elevador, como todos os dias que Deus faz, fui me postar no alto, no hall do andar, e ela ia se inquietar, pensando que talvez eu estivesse doente, e bum!, ia dar de cara comigo ao sair, eu, que esperava por ela com um buquê de violetas na mão, donde emoção, confissão e banco do Luxembourg em flor sob os castanheiros.

Passei uma noite formidável. Tudo cantava em mim com coros e tímpanos, todos em trajes folclóricos, era a festa, todos os lugares estavam ocupados até o menor recanto. Eu sorria no escuro com aplausos. Às vezes saía para saudar. Tinha colocado o buquê de violetas num copo de água, pois elas não precisam mais que isso. É uma loucura o que uma presença feminina pode fazer por um interior.

Eu estava no hall do nono andar às oito e quarenta e cinco, para o caso de a srta. Dreyfus estar adiantada, em sua impaciência. Mantinha-me pronto para abrir a porta do elevador, com o buquê de violetas na mão.

Nove horas, nove e cinco, nada. Os outros empregados chegavam uns após outros e acabei por não mais lhes abrir a porta, para evitar a inferioridade.

Nove e quinze.

Vinte.

Nada.

Pois é, não bati em retirada. Aguentei firme, sem ceder um milímetro de terreno e sem recuar, apesar dos sorrisos divertidos, sem ceder a seu aspecto humano, desumano, quer dizer, um no outro. Com o buquê de violetas, que continuava a cheirar bem.

Às nove e vinte e cinco, ainda nada de srta. Dreyfus. Eu sentia muito calor, estava coberto de suor frio, começava a me dar nós. E então, compreendi numa iluminação que a srta.

Dreyfus me esperava embaixo, diante do elevador, para tomá-lo como de costume e mais que nunca juntos, e ao não me ver chegar continuava esperando. Não pensei duas vezes, saí desabalado pelos nove andares, mas ela não estava mais lá, o elevador justamente acabava de subir e ela o pegara, cansada de esperar, e tornei a escalar os nove andares num grande galope mas tarde demais, não havia mais ninguém no hall e o elevador tornava a descer. A ideia do terrível mal-entendido que me ameaçava por todo lado, pois a srta. Dreyfus talvez pensasse que eu estava lhe dando o bolo, que eu tinha mudado de ideia no último minuto porque ela era uma negra, causou-me tamanho choque que tive de me sentar nos degraus com meu buquê de violetas dentro do copo de água ao meu lado. Era terrível. Eu só pedia uma coisa: ter filhos negros, para que pudéssemos nos ajudar mutuamente no seio de uma mesma família, eles, eu, a srta. Dreyfus e Gros-Câlin. Eu estava até pronto a viver com eles numa caverna como nas origens deles. O racismo me é uma coisa completamente alheia, tenho tudo o que é necessário para isso. Era preciso acabar com aquele mal-entendido, custasse o que custasse. A srta. Dreyfus estava provavelmente em sua sala, sentindo-se sozinha e humilhada.

Não hesitei um segundo. Dei uma volta por todas as salas, com meu buquê de violetas na mão dentro de um copo de água. Nem sequer olhava os nomes nas portas que riam de mim. Pus a mão na massa. Mas o que realmente se chama de mão, decapitada e além do mais com a ausência de todo o resto. Eu abria, entrava, sem sequer dar bom-dia: naquele momento, era capaz de tudo. Vi-me assim na sala do diretor, com o buquê estendido.

— Mas me diga, Cousin, o que é que lhe deu?

Eu não conseguia retomar o fôlego, tendo em vista os andares e o ódio.

— Agora você me traz violetas?

— Ai, não, merda! — eu lhe disse com um grito do coração sem sequer tremer, pois naquele momento era incapaz de tomar a Bastilha para me libertar. — Estou procurando uma amiga, a srta. Dreyfus.

— São para ela, as flores?

— Não tenho nada a dizer sobre esse assunto.

Eu estava pouco ligando. Sentia tamanho horror que já nem medo eu tinha. Sabia muito bem que punha em risco todo o meu futuro, mas não me arriscava a nada, porque não há futuro sem dois. Um futuro são dois futuros, é elementar, isso se aprende no berço, não têm que me encher o saco, ou então vou realmente perder as estribeiras. Puta merda, se continuarem a me encher o saco vou fabricar bombas em casa com produtos de primeira necessidade.

— Acalme-se, meu amigo.

É só o que eles querem, esses calhordas: calma. Eu ia te enfiar no rabo a tua calma, meu chapa, bem no meio da fuça, com roubalheira e extinção de cabo a rabo.

Mas consegui salvar a civilização.

— Peço desculpas, senhor diretor — disse. — Devo ter me enganado de lugar. Procuro minha colega, a srta. Dreyfus.

Dirigi-me para a porta.

— A srta. Dreyfus não trabalha mais aqui. Ela nos deixou.

Mantive a mão na maneta. Na massa. Arre, na maçaneta, eu quero dizer.

— Quando isso?

— Pois é, com o aviso-prévio de praxe. Não sabia?

A porta estava travada. Ou talvez fosse eu. Em todo caso, tinha alguma coisa completamente travada. Eu não conseguia virar a maçaneta. Era um desses trecos redondos, de cobre, que escorregam. Não tem onde agarrar.

Eu fazia força da esquerda para a direita e da direita para a esquerda mas estava tudo travado por dentro. Bloqueado pelos nós. Eu ainda tinha dado mais nós do que de costume e não conseguia abrir.

Senti a mão do diretor no meu ombro.

— Ora, ora! Você está com uma cara... Ande, acalme-se... Então, é o grande amor?

— Vamos nos casar.

— E ela não o preveniu que ia embora?

— Quando a gente tem tantas coisas para se dizer esquece dos detalhes.

— Mas como é possível que ela não tenha lhe dito que ia sair do emprego e voltar para a Guiana?

— Peço desculpas, senhor diretor, mas travou. Não consigo abrir esta porta.

— Permita-me... Pronto. Basta girar.

— Penso que as velhas maçanetas de nossos ancestrais com hastes bem retas e simples eram muito mais práticas. Isso escorrega na mão, essa porcaria aqui, a gente não tem onde agarrar.

O diretor continuava com a mão no meu ombro como se se sentisse em casa.

— É, estou vendo, isso é bom... A gente não tem onde agarrar... Escapa. Talvez você esteja certo, Cousin.

— É mal concebido, é malfeito, se quer minha opinião, senhor diretor.

— Exato.

— É até absolutamente asqueroso e inadmissível, é isso, senhor diretor. Digo o que penso, e penso alguma coisa, posso lhe garantir.

— É claro, é claro, mas isso não é motivo, Cousin, ora essa. Tome, pegue meu lenço.

— Escorrega na mão, essa porcaria, e ponto-final, não tem que encher o saco.

— Não tem que...

— ... Encher o saco. Encher o saco, senhor diretor, e do fundo do coração. Claro, se a gente apertar muito forte, se a gente se agarrar... Mas acho que as portas devem se abrir mais facilmente.

— Tem razão... Refaça-se. São dessas coisas que acontecem. Você tem uma classificação muito boa. Há essas engenhocas eletrônicas que se abrem automaticamente quando a gente põe os pés para a frente.

— Os pés para a frente, evidentemente, é fácil.

— Talvez seja necessário instalar alguma coisa desse tipo.

— Aliás, não estou em minha casa aqui, senhor diretor, e peço-lhe que me desculpe. Eu não fui programado.

— Mas de jeito nenhum, Cousin, ao contrário, você está exatamente em sua casa, aqui, quero que saiba disso, que sinta isso, que tome consciência disso e que diga aos outros. É a participação, Cousin, a grande ideia da participação. É a sua organização, a sua firma e a sua casa.

— Agradeço-lhe, senhor diretor, mas não estou em minha casa, porque não tenho nada a ver com isto. Essa observação que eu fiz a respeito da sua porta e da sua maçaneta é totalmente descabida. Peço-lhe que acredite que não tinha nada de pessoal.

— Meu caro Cousin, você está sendo vítima de uma emoção de ordem íntima e peço-lhe por minha vez que creia que simpatizo com você, pois somos todos uma grande família.

— Eu sei, senhor diretor, preparo um livro sobre isso.

— É muito bom e lhe felicito. A propósito, me informaram que você cria um píton?

— Sim. Ele já tem dois metros e vinte.

— E continua a crescer?

— Não, não creio que vá ficar ainda maior, ele já ocupa todo o espaço que tenho a lhe oferecer.

— Não deve ser confortável viver o tempo todo com um réptil.

— É uma pergunta que nunca fiz a ele, senhor diretor. Aproveito esta ocasião para lhe agradecer a simpatia e a benevolência que me demonstrou. Não deixarei de registrá-las no meu livro.

— Mas por favor, meu caro Cousin, não me agradeça. Eu só posso lhe repetir, somos uma grande família. E sempre fico feliz em receber um colaborador e conversar com ele. Prezo enormemente o espírito de equipe. Não há nada mais belo. Bem, adeus, adeus. E não pense mais nisso, aliás, vou talvez instalar um desses abre-latas eletrônicos. Abre-portas. É preciso facilitar a vida, que já é bem complicada sem isso. Meus cumprimentos a todos de sua casa.

Pude enfim sair e me despenquei para o departamento de pessoal, onde pedi o endereço da srta. Dreyfus, e peguei o metrô. As pessoas sorriam de cima, olhando o buquê de violetas que eu segurava na mão dentro de um copo de água para que não murchasse prematuramente. Subi ao apartamento da Rue Roy-le-Beau quinto andar sem elevador e sem perder uma gota mas não havia ninguém. Perguntei à zeladora se não havia recado para mim mas ela fechou a porta na minha cara, como de praxe. Voltei para o escritório e enfrentei minhas obrigações estatísticas até as sete horas mas tive muita dificuldade porque eu tendia ao zero com uma velocidade vertiginosa. Tinha posto as violetas na minha frente, em cima da mesa. Fui invadido por uma espécie de simpatia pelo IBM por causa de sua ausência de caráter humano. Às sete e meia estava de volta defronte do apartamento da srta. Dreyfus que ainda não tinha regressado e fiquei até as onze horas sentado na escada com violetas.

Por volta das onze, o desespero me tomou, o que é muito raro em mim, pois sou pouco exigente e não tenho gosto pelo luxo. A verdade é que há uma quantidade inacreditável de gotas que não fazem o vaso transbordar. É feito para isso. Experimentei de novo essa sensação bem conhecida batendo todos os recordes, com subalimentação e fome afetiva, especialmente frequentes naqueles que estão sentados nos degraus da escada no escuro com um buquê de violetas dentro de um copo de água. Ela não podia ter partido. Ninguém parte assim para a Guiana sem um momento de adeus. Onze e dez. Nada. Fiquei sentado no escuro porque era o último quarto de hora, como sempre, e era preciso aguentar.

Às onze e meia invadiu-me tamanha necessidade de ternura e de amor que fui ver as boas putas. Fui à Rue des Pommiers, como de costume. Procurei Greta que tinha os braços longos mas me lembrei que ela fora trabalhar num apartamento. Havia ali, porém, uma loura alta que era menos boa que as outras em todos os sentidos e pensei que ia me demonstrar mais ternura que as outras, por gratidão. Fomos ao hotel das Profissões Liberais, na esquina.

A boa puta me disse que se chamava Ninette e eu lhe disse que me chamava Roland, nome que me veio assim. Ela logo me deixou à vontade:

— Venha para o bidê, meu bem, para que eu lave a sua bunda.

É sempre a mesma história. Pus-me escanchado sobre o bidê, a contragosto. Não se deve pensar que os objetos também não existem. Costumo ter por eles sentimentos cristãos. Eu estava sentado no bidê, nu e com minhas meias e pensava que a vida de um bidê é coisa à beça.

A boa puta se pôs de joelhos na minha frente com o sabonete na mão.

Eu pensava na velha senhora que eu conhecia, que antigamente mantinha uma casa, me explicava que no seu tempo as moças lavavam só na frente, nunca o traseiro, mas que os costumes tinham se sofisticado mais. O nível de vida aumentara, as pessoas agora sabiam o que era bom, por causa da publicidade, e ao que tinham direito, por causa da abundância dos bens com participação, e quais eram as melhores iguarias e as melhores praias.

— Assim, se quiser que eu te faça o beijo grego — ela me disse, ensaboando a minha bunda —, você ficará tranquilo.

— Não faço a menor questão — eu lhe disse.

— Não se sabe antes, e se te vier a inspiração? É desagradável cortar a inspiração para se levantar e ir lavar o rabo. Corta a emoção.

— Não meta seu dedo aí dentro, tenho horror a isso, e com sabonete, queima. Merda.

— No amor a gente pode fazer tudo, contanto que lave direitinho antes. Não fique no bidê com esse buquê de violetas na mão. Tome, ponha aqui. É para mim?

— Não.

Ela me acariciava o traseiro, agachada à minha frente. Era um terrível mal-entendido, como todo mundo.

— Você devia tirar as meias, meu bem, é mais bonito. O que é que você faz na vida?

— Eu crio um píton.

— O que é isso?

Não respondi. Havia recantos que ela não tinha que vasculhar.

— Aí, assim, você está limpinho. Venha se deitar.

Pôs uma toalha felpuda em cima da cama. Deitou-se ao meu lado e começou a me chupar as tetinhas. Madame Louise me disse que nas relações não retribuídas, as mulheres honestas nunca chupam as tetas de seus conhecidos, por causa da embriaguez, do desvario necessários, o que exclui o meticuloso, mas que nas relações pagas, isso sempre se faz.

— Você gosta disso?

— É simpático. Escute, Ninette, me dê um abraço apertado.

— É para a ternura, então?

— Bem, é, claro que sim, para que você pensa que é?

Ela me pegou nos braços. Dei sorte, pois tinha os braços compridos. Senti-me bem.

— Tenho um cliente assim, preciso pegá-lo no colo e niná-lo sussurrando "dorme, meu bebê, dorme, a mamãe está aqui", e então ele faz pipi e fica contente.

— Ai, não, merda — eu lhe disse.

Teria sido melhor ficar com Gros-Câlin.

— O quê? Que bicho te mordeu?

Levantei-me.

— Mas, afinal, tem que pôr um pouco de coração, merda! — berrei.

— Um pouco de...?

— Não basta lavar o cu de um cara! — berrei. — E você me pôs muito sabonete lá dentro! Está queimando!

— O sabonete não pode te fazer mal.

— Mas tampouco me faz bem!

Enfiei minha calça.

— Não vai fazer amor?

— Sabe como se chamavam os bordéis, quando ainda existia uma França? Chamava-se isso de "as casas de ilusão"! Não quero que me enfiem sabonete no cu! Ilusão, pois sim! Quer que eu te diga? Você não está cumprindo seu contrato, é isso!

Ela também se levantou.

— Você cria caso, hein! A gente tem que lavar o cu dos clientes, sem isso a gente pega ameba, qualquer médico vai te dizer isso. Eu topo lamber o cu dos clientes mas tem que estar limpo. Não somos selvagens!

Eu já estava do lado de fora. Mas tive de voltar, porque havia esquecido meu copo de água com as violetas. É claro que poderia ter deixado as violetas murcharem e comprado outras para a srta. Dreyfus, mas já tinha me afeiçoado àquelas, por causa de tudo o que tínhamos vivido juntos.

Fui embora e corri depressa até a Rue du Roy-le-Beau para ver se a srta. Dreyfus não tinha voltado mas não havia ninguém. Quis deixar as violetas defronte da porta mas me custava separar-me delas, era o último laço que me unia à srta. Dreyfus e voltei a pé para casa com elas. Andava pelas ruas da Grande Paris com meu cachecol, meu chapéu, meu sobretudo e meu copo de água e me sentia um pouco melhor, por causa da coragem do desespero. Agora me lamentava por não ter feito amor com a boa puta — repito pela última vez, ou vou me zangar, que uso essa palavra no seu sentido mais nobre e mais feliz — pois sentia um estoque de mim mesmo devido à ausência e ao zero, dos quais só a ternura e um doce abraço poderiam me livrar. Quando se tende ao zero, a gente se sente cada vez mais, e não cada vez menos. Quanto menos se existe mais se está sobrando. A característica do menor é seu lado excedentário. Assim que me aproximo do nada, torno-me excedente. Assim que a gente se sente cada vez menos, há um para que e por que foder. Há peso excessivo. A gente tem vontade de enxugar isso, de passar uma esponja. É o que se chama um estado de alma, por causa da ausência. As boas putas são, então, uma ajuda muito conhecida mas que a gente silencia e despreza, para evitar a alta dos preços. Mas acho que a vida a troco de nada é isso, a vida cara.

Lembrei-me de que Greta atendia na casa de uma senhora num apartamento e que lá éramos recebidos até uma da manhã, devido aos casos de urgência. Eu tinha o endereço na

minha carteira, Chez Astrid, 11, Rue des Asphodèles, no 14e.
Tomei um café no balcão do bar em frente para me fazer companhia até dez para uma, pois naquele momento não se espera
mais ninguém, acha-se que tudo terminou e quando o cliente
chega é a boa surpresa. Subi faltando exatos doze minutos e
toquei. Uma camareira me abriu e atrás dela havia uma dama
simpática e toda sorrisos.

— Boa noite, senhora. Gostaria da Greta.

— Greta não trabalha hoje. Mas tenho outras moças encan-
tadoras. Entre. Vou mostrá-las.

Entrei num salão com bibelôs e móveis e me sentei numa
poltrona mole. Estava muito encabulado de ter de escolher, pois
não queria ficar parecendo que preferia uma moça à outra, para não
causar desgosto, por causa do orgulho feminino. Queria pegar
a primeira com entusiasmo mas a senhora se interpôs.

— Espere, ainda tem duas. Tem que ver todas. É a regra aqui,
sabe, para dar chance a cada uma.

A segunda era uma vietnamita realmente boa em todos os
sentidos, mas eu estava constrangido de fazer isso com ela,
por causa dos horrores do Vietnã. É difícil ser feliz em tais
condições.

— Tenho também uma negra — disse a pessoa, e fez entrar
a srta. Dreyfus.

Eu escrevi "e fez entrar a srta. Dreyfus" de uma maneira
perfeitamente indizível, na falta de cataclismo expressivo a
meu alcance. De fato, não consigo descrever o efeito inesperado que me causou a entrada da srta. Dreyfus no salão. Fui
tomado por uma espécie de felicidade, pois ela não estava na
Guiana e de repente tudo se tornava novamente possível, acessível e abordável, podíamos enfim nos juntar na maior simplicidade. Havia enfim um bom Deus nesse bordel!

Ela usava botas até o meio das coxas e uma minissaia preta
de couro.

Parou à minha frente e tive de fazer um esforço terrível para ficar com cara de quem nada quer e não lhe dar a impressão de que não acreditava em contos de fadas.

Ela estava ali. Era mesmo ela. Não era um conto de fadas. Não tinha viajado para a Guiana com seu sotaque cantado das ilhas. Simplesmente mudara de função.

Eu estava tão feliz apertando meu chapéu contra o peito, que a dona cafetina — emprego esta palavra num odor de santidade — sorriu com psicologia ao ver minha cara eufórica e coberta de suor frio, e disse:

— Vejo que fez sua escolha. Por aqui.

Minhas pernas bambeavam sob o efeito daquela expressão e da felicidade diante da ideia de que a srta. Dreyfus não tinha ido para a Guiana com seu suave sotaque das ilhas, e de que tudo está bem quando acaba bem.

Também sentia pavorosas inquietações temendo manifestar o mais leve espanto ou um uivo atroz e descontrolado, por elegância, pois a srta. Dreyfus podia imaginar que eu estava espantado ao encontrá-la num bordel e eu precisava me mostrar à altura, para não magoá-la.

— Não se pode ser juiz e parte interessada — eu lhe disse com espírito.

Ela não me ouviu, pois andava à minha frente e entramos num quarto muito agradável, sem janela mas com uma grande cama por todo lado e espelhos na parede para ver o que se faz. A srta. Dreyfus fechou a porta com intimidade, veio até mim, pôs os braços em volta da minha nuca, encostou seu baixo-ventre contra o meu e me sorriu.

— Quem lhe disse que eu trabalhava aqui?

— Ninguém. Tenho muita sorte, só isso. Um golpe de sorte. Pegue isso... é para você.

Tratei-a de você. Assim, bem naturalmente.

— Tome.

Entreguei-lhe o buquê de violetas. Já quase não sobrava água no copo de tanto eu andar e de emoção.

— Está vendo, você devia saber onde me achar, pois está me trazendo flores.

— Há lances felizes. No escritório me disseram que você tinha voltado para a Guiana.

Ela estava se despindo. Assim, sem o menor constrangimento como se a gente não se conhecesse.

Quanto a mim, ainda não me atrevia a tirar meu sobretudo. Aquilo me parecia pelo avesso. É malfeito. A gente deveria tirar a calça depois, quando tudo estiver terminado, quando nos separarmos. Eu digo a vocês que está tudo pelo avesso.

— Na Guiana — repeti, pois queria lhe mostrar que não tinha perdido a cabeça e que sabia onde estava.

Ela se instalara no bidê me dando as costas, por pudor.

— Sim, contei isso a eles, era mais simples. Antes, eu só vinha aqui depois do trabalho, mas no dia seguinte precisava estar no escritório às nove horas e era exaustivo. Eu estava cheia do escritório, é muito ingrato como serviço. Eu vinha para cá de noite, esbodegada, extenuada. Isso estragava as minhas noites. É desumano, o escritório, as máquinas, sempre o mesmo botão que a gente aperta. Aqui, talvez não seja bem considerado, mas é muito mais vivo e há mudança. É mais social, há o contato humano, é mais pessoal. A gente participa de alguma coisa, entende o que eu quero dizer? A gente dá prazer, a gente existe. Desculpe a expressão, mas o cu é, queiramos ou não, mais vivo do que as máquinas de calcular. A gente se encontra. Há os sujeitos que chegam aqui infelizes como pedras e que saem melhores. E além disso, sabe, se a gente não pudesse comprar o amor com dinheiro, o amor perderia muito de seu valor e o dinheiro também. Isso faz bem à grana, te garanto. Ela precisa disso. O que se há de fazer, quando você pode transar com uma moça bonita por cento e cinquenta

170

francos, os seus cento e cinquenta francos, depois, têm muito mais charme. Ganham um valor totalmente novo. Pelo menos se sabe que a grana quer de fato dizer alguma coisa, que não é insignificante.

Ela estava em pé, enxugando sua intimidade com a toalha. De repente, já não senti inibição, me sentia perfeitamente na minha espécie, e também fiquei nu.

Toquei nos seios dela.

— Você é linda, Irénée — disse-lhe.

Ela me tocou também, sorrindo.

— Ah, isso aí! — ela disse, como cumprimento.

Senti que eu crescia na sua estima.

Eu pensava também em geral, pensava na ordem das grandezas e na Ordem dos Médicos e no comunicado deles em vista de preservar a entrada livre e sagrada da porra dentro do abortório, mas são pessoas muito distintas e de origem certificada, que não viveram ao alcance de todos os bolsos.

Ela hesitou um instante mantendo a mão em cima da minha via de acesso ao direito sagrado.

— Por que você vive com um píton?

— Temos afinidades seletivas.

— O que é isso?

— Como se pronuncia. Afinidades seletivas, eletivas e afetivas, por causa de buscas infrutíferas. Está no dicionário, mas convém desconfiar, pois os dicionários estão aí com um objetivo promissor. Afinidades, eu não posso dizer não, é claro. Não sei de jeito nenhum o que significa, é por isso que acho que é alguma coisa de diferente. Costumo empregar expressões cujo sentido ignoro prudentemente, mas nesse caso, ao menos, há esperança. Quando não se compreende, talvez haja possibilidade. Em mim é filosófico. Sempre procuro no meio ambiente expressões que não conheço, porque aí, ao menos, pode-se acreditar que isso quer dizer alguma outra coisa.

Ela continuava com a mão em cima de minhas possibilidades que não paravam de crescer.

— Você é realmente um verdadeiro poeta — ela disse, mas sem a menor maldade.

— Venha que eu vou te lavar — acrescentou.

Eu não queria me fazer de diferente e sentei no bidê como todo mundo.

Ela se inclinou e jogou um pouco de água sobre a minha via de acesso ao direito sagrado à vida.

Depois, ajoelhou-se diante do sagrado e começou a me ensaboar a bunda.

Eu calculava mentalmente que com todos os cuidados que eu recebera nesse terreno, devia ter a bunda mais limpa do mundo.

— Sabe, não vou pedir à senhorita esse troço aí — disse-lhe, retomando o tratamento cerimonioso, para elevar um pouco nossas relações humanas.

— É mais civilizado estar limpo em toda parte — ela disse.

— Há muitos que lhe pedem isso?

— Muitos. Está na moda, neste momento. Todo mundo quer se libertar, é o grande negócio em todas as revistas femininas. Não se deve recalcar, é a psicanálise.

— A liberdade iluminando o mundo é conhecido — disse eu.

— E sabe, desde que esteja bem limpinho a gente pode fazer tudo.

— As pessoas sempre querem o impossível — observei. — E é o beijo grego.

— E depois, é importante para nossa dignidade lavar muito bem o cliente — ela disse. — É psicológico. Assim, a gente diz que não é muito diferente do que as enfermeiras ou as freiras fazem com dedicação. É bom para o nosso moral. Se bem que eu não tenho problema. Sou muito natureza.

Levantamo-nos.

Peguei a toalha, muito obrigado, e eu mesmo me enxuguei. Elas lavam você mas sempre deixam você mesmo se enxugar.

Ela se desenroscou ao meu lado na cama em todo o seu comprimento e começou a me chupar as tetas.

Aquilo queimava por dentro. Eles ainda não encontraram um sabonete, ou então a publicidade não faz o seu trabalho. Acho que ainda há muito o que fazer. Digo firmemente o que penso e com lágrimas nos olhos que a agência Publicis ou as jovens agências na moda deveriam propor um sabonete muito suave para beijos gregos com cartazes explicando, como se fazia com o bebê Johnson's. Acho que a publicidade ainda não encontrou seu verdadeiro lugar e que há pontos de venda que ela descuida.

Enxuguei discretamente os olhos para não dar na vista.

— Me dê um abraço apertado — murmurei.

Queimava um pouco menos, pois o tempo faz bem o seu trabalho.

Ela me olhava não sem espanto. Primeiro pensei que ela via minhas escamas mas me livrei desse preconceito num esforço de normalização.

— Por que você está chorando, meu amor? O que é que não vai bem?

— Há razão, estou feliz.

— Razão para chorar?

— Razão para tudo. Faça-me de conta.

Ela me fez de conta com muito profissionalismo. Enrolou-se em mim com os braços e as pernas. Pôs a cabeça em meu peito com as consolações da Igreja. Seus pelos ainda estavam um pouco molhados, pois os tinha em abundância, mas eu pensava nas gotas de orvalho, no alvorecer, na ternura matinal. Continuei a chorar um pouco com o nariz por ablação da esperança. Não me sentia muito diferente de todo mundo, com o sabonete que queimava dentro do meu cu. Já não bancava o pretensioso com outra coisa e em outro lugar, eu era demográfico, com vias de acesso e direito sagrado à vida. Tinha reocupado o lugar. Era a passagem com destino, contrato social e pleno emprego.

Resolvi já no dia seguinte dar Gros-Câlin ao jardim zoológico. Ele estava diferente. Eu já não tinha o direito de guardá-lo. Era de fato alguém diferente.

A srta. Dreyfus deslizou sua mão esquerda e começou a me lisonjear delicadamente. Logo houve o suficiente para dois.

— Puxa, você é bem safadinho — disse ela para o cumprimento de praxe, com homenagem e estima.

Eu pensava na boa puta dos Halles que me dissera "vem, vou fazer tua lesma cuspir", e numa outra espirituosa que me lançara "e aí, amor, vai me enrabar?". São expressões bem-comportadas que é preciso encarar sem cerimônia e levar na brincadeira.

Não chorei mais nada, na falta de produtos de primeira necessidade para fazer bombas em domicílio.

— Me aperte com muita força nos seus braços, meu amor — disse à srta. Dreyfus contra tudo e contra todos.

Ela me apertou muito forte em seus braços e me acariciou nesse silêncio que gota a gota faz as coisas corretamente. A ternura tem segundos que batem mais lentamente que os outros. Seu pescoço tinha abrigos e margens possíveis. Ela era realmente dotada para a feminilidade.

— Você ainda não me disse por que guarda um píton em casa...

— É semelhante.

— Semelhante a quê?

— É diferente, quero dizer.

Ela refletiu, mas ali fechavam à uma e meia e ela rastejou aos beijinhos na direção da minha mão única e começou a me cobrir com suas atenções.

Voltamos a nos vestir. Eram cento e cinquenta francos sem contar.

— Mesmo assim, é um troço extraordinário, o dinheiro — eu lhe disse de bom humor. — Facilita tudo. A gente se encontra, se junta e se reencontra.

— É um troço verdadeiro e honesto, o dinheiro. Não mente nunca. Está ali, preto no branco. É muito natureza. É por isso que tem tantos inimigos.

— A natureza está dando no pé, é ecológico — disse eu.

— É semelhante, ora bolas.

Continuávamos a nos vestir, falando, para não romper com muita brutalidade as relações e ficar parecendo que terminou e que não temos mais nada a nos dizer.

Hesitei um pouco.

— Eu deveria ter lhe perguntado antes, mas agora que a gente se conhece mais... Você não gostaria de vir viver comigo? Darei meu píton ao jardim zoológico.

Ela ficou grave e sacudiu a cabeça.

— Não, você é muito simpático, mas prezo a minha liberdade.

— Você a terá comigo. A liberdade é uma coisa sagrada.

Ela fez um arzinho obstinado.

— Não, minha independência antes de tudo. E gosto do que faço. Eu alivio, tenho um papel, ajudo as pessoas a viver. É bem mais forte aqui do que nos hospitais. As enfermeiras, isso aí sempre fica à margem. Eu venho aqui porque gosto.

— É muito religioso.

— Não, não trabalho como puta porque acredito em Deus, nem por ele, não. Não é de jeito nenhum porque é cristão, ou alguma coisa assim. Eu gosto mesmo, só isso. E além do mais quando sou paga sei que tenho valor. Quantas mulheres se fazem realmente pagar, sabem que valem realmente alguma coisa? A maioria faz isso por nada, elas se prostituem, se desperdiçam. Elas se dão a troco de nada, como se não valessem nada. Não, eu gosto muito.

— Você poderá continuar a vir aqui, não peço tanto assim. Num casal, há que respeitar a personalidade de cada um. Sou pela liberdade do casal.

— Não, realmente, você é muito gentil, mas não. E pode vir sempre me ver aqui, é muito mais cômodo. Hoje, não se deve complicar a vida.

Ela abriu a porta. Dei uma olhada para minhas violetas, na pia. E depois, de qualquer maneira, aquilo murcha.

— Não diga nada a eles, na STAT, é melhor — ela me disse. — Se bem que era lá que eu tinha vergonha de fazer o que fazia, e não aqui. Bem, até logo, adeus.

Saí.

Cumprimentei a dona.

— Volte para nos ver — ela disse.

Desci, entrei no bar e me dirigi ao toalete onde me tranquei na privada para pôr ordem nas minhas ideias e respirar um pouco. Precisava de um lugar bem isolado entre quatro paredes para ver se eu estava lá. Finalmente consegui desfazer meus nós e voltar para casa.

Eu assobiava.

Eu me sentia bem.

A natureza levou a melhor. Eu estava com certa fome e fui pegar Blondine na sua caixa. Abri a boca para engoli-la mas no instante em que a colocava em minha língua compreendi que era justamente a natureza que levava a melhor e que eu era contra as leis da natureza com meio ambiente, condicionamento e direito sagrado àquela vida, eu estava cheio daquilo, não aguentava mais. Estava morto de fome, já tinha posto o ratinho em minha língua e tinha uma vontade terrível de engoli-lo, mas não ia me submeter assim às leis da natureza, merda. Pus novamente Blondine na caixa, toda molhada. O humano, não aguento mais isso.

Dormi muito mal e corri várias vezes ao banheiro para lavar minha bunda mas em vão.

A voz da natureza era terrível mas aguentei firme até de manhã e dei Blondine à dona do Ramsès que queria, fazia muito tempo, uma coisinha viva e meiga com orelhas, todo mundo só pensa mesmo em comer. Voltei para casa mas aí encontrei três camundongos que a sra. Niatte tinha trazido para mim e não aguentei, engoli um depois do outro, e em seguida me enrolei sobre mim mesmo num canto e tirei um cochilo.

Na manhã de um dos dias que se seguiram, sem conseguir determinar exatamente, levei Gros-Câlin ao Jardim de Aclimatação pois não precisava mais dele, sentia-me muito bem em minha pele e de cabo a rabo. Ele me deixou com a maior indiferença e foi se enrolar numa árvore como se fosse exatamente a mesma coisa. Voltei para casa e lavei a bunda, depois disso tive um instante de pânico, minha impressão era não estar ali, ter me tornado um homem, o que é perfeitamente ridículo quando, justamente, você é um homem e nunca deixou de sê-lo. É nossa imaginação que nos prega peças.

Pelas três da tarde tive uma crise de amizade e desci ao Ramsès para dar uma olhada em Blondine mas a caixa estava vazia; ou a patroa a pusera em outro lugar ou já a havia comido. Voltei para o meu quarto e sala mas estava com febre e pensamentos. Então comecei a escrever anúncios classificados, mensagens urgentes e telegramas resposta paga mas não os enviei pois conheço a solidão dos pítons na Grande Paris e os preconceitos em relação a eles. A cada dez minutos corria para ir lavar a bunda acima de qualquer suspeita.

Pelas cinco horas compreendi que tinha ali um problema e que precisava de alguma outra coisa, algo seguro e desprovido de erro humano, mas permaneci decididamente antifascista. Sentia tamanho desejo dilacerante de primeira necessidade, com alguma outra coisa de diferente, de bem-feita sob todos os aspectos, que corri a um relojoeiro da Rue Trivias e entrei em posse de um relógio de companhia, com mostrador branco, franco e aberto, e dois ponteiros graciosos. O mostrador me sorriu imediatamente. O relojoeiro logo me propôs outro relógio, que era "superior".

— Este, o senhor nem precisa dar corda. Ele anda o ano todo com quartzo.

— Desejo ao contrário um relógio que precise de mim e que pararia de funcionar se eu o esquecesse. É pessoal.

Ele não entendia, como todos os que são assim por hábito.

— Quero um relógio que não possa continuar sem mim, é isso. Este...

Fechei minha mão em cima dele. Eu pensava, não sei por quê, no buquê de violetas. Apego-me muito facilmente.

Sentia o relógio se aquecer dentro de minha mão. Abri a mão e ele me sorriu. Sou perfeitamente capaz de provocar um sorriso de amizade num relógio. Tenho isso em mim...

— É um Gordon — disse o relojoeiro com ar importante.

— Quanto custa?

— Cento e cinquenta francos — disse o comerciante, e era um sinal do céu, pois era tanto quanto a srta. Dreyfus.

— Para esse modelo não há garantia — disse o comerciante, com tristeza, pois devia às vezes refletir sobre isso.

Voltei para casa, corri para lavar a bunda e depois me enfiei na cama, com o reloginho na palma da mão. Há pardais que vêm assim pousar na palma da mão, parece que se consegue isso com paciência e migalhas de pão. Mas não se pode viver assim a vida com migalhas de pão e pardais na palma da mão, e aliás eles sempre acabam levantando voo, por causa do impossível. Ele tinha um mostrador bem redondo com um narizinho pequenininho no meio e os ponteiros se abriam numa espécie de sorriso, mas isso dependia da hora, não é possível sorrir o tempo todo. Quando eu era garoto, no dormitório da Assistência, mandava buscar de noite um cachorro bem grande que eu mesmo tinha inventado num objetivo de afeição e criado com uma fuça preta, orelhas compridas de amor e um olhar de erro humano, ele vinha toda noite lamber a minha cara e depois eu devo ter crescido e ele não podia fazer mais nada. Pergunto-me que fim levou, pois esse aí, realmente não podia ficar longe de mim.

Fiquei longas horas com o relógio na palma da mão. Era alguma coisa de humano que nada devia às leis da natureza e que era feito para se contar com aquilo. Às vezes me levantava e corria para lavar a bunda. De manhã, engoli o último ratinho, para a boa vontade e o meio ambiente. Dali a um ou dois dias, vou esquecer de dar corda em Francine, vou fazer de propósito para que ele precise de mim. Chamei o relógio de Francine por causa de ninguém com esse nome.

Tenho medo de retornar ao escritório, devido à minha evidência, não posso mais fingir com a convicção necessária. Quis fazer greve de fome mas não há apenas a srta. Dreyfus no mundo, há também o mundo, então, o que se há de fazer! Mesmo assim, consegui aguentar dois dias sem comer nada mas as leis da natureza tiveram a última palavra e quando a sra. Niatte entrou para me alimentar, levantei-me e peguei de suas mãos a caixa. Havia ali seis ratinhos e na mesma hora engoli um para a aceitação e como deve ser, para tranquilizar a brava pessoa sobre meu caráter humano. Não quero criar caso.

— Oh, sr. Cousin! — ela exclamou.

Não levei em conta. Se quer me chamar Cousin, problema dela.

Comecei a rir, peguei mais um ratinho pelo rabo e o engoli, com democracia. Num aglomerado de dez milhões de frequentadores assíduos, é preciso fazer como todo mundo. É preciso ser e fingir, dos pés à cabeça.

A sra. Niatte deve ter sossegado de vez, pois foi embora correndo e nunca mais voltou.

No dia seguinte, voltei a funcionar, fui à STAT e fiquei no meu IBM sem que ninguém se desse conta da minha ausência. Na saída do metrô, o tíquete não me jogou fora e me guardou em sua mão com simpatia, ele sabia que eu passava por momentos difíceis.

Continuo a sofrer, quando estou deitado, da ausência de braços ao meu redor, sinto muita dor na srta. Dreyfus, mas outro dia li que é normal, as pessoas de quem se corta uma perna continuam a sentir dor na perna que já não está lá, é como uma crise de abstinência, com mutilação e deficiência. Observei um glu-glu benevolente no radiador e é estimulante. No quinto dia da luta do povo francês por sua libertação, comecei a experimentar a filosofia: há uns e os outros e uns são os outros mas não o sabem, na falta de algo melhor. Mas isso logo formou mais um nó, e para nada.

Agora tomo precauções para não ser denunciado. Às vezes ponho astuciosamente um disco de Mozart, bem alto, para não preocupar os vizinhos, para que saibam que ali está um homem, já que escuta Mozart. A clandestinidade era mais fácil na época dos alemães, por causa das falsas carteiras de identidade.

Falei longamente com Jean Moulin e Pierre Brossolette, no meu forte íntimo, disse-lhes que não podia mais escondê-los em casa. Disse-lhes que era preciso ser malandríssimo e pseudo-pseudo. Eles entenderam direitinho, um por causa da história de Caluire e o outro, por causa dos cinco andares sem elevador. Portanto, tirei os dois retratos da parede e os queimei astuciosamente, pois assim ficavam mais bem escondidos e corriam menos riscos, tenho a sorte de dispor de muito espaço no meu forte íntimo. Não há nada melhor como clandestinidade. Garanti a eles que ia alimentá-los todos os dias com o que eu tinha de melhor e até fui comprar estoques de pilhas para suas lanternas de bolso, porque não se pode ficar o tempo todo no escuro, é preciso ter esperança.

Não voltei a ver a srta. Dreyfus no bordel, não vejo o que tenho a oferecer a uma moça livre e independente. Mas devo reconhecer que costumo correr para me sentar no bidê e lavar a bunda, pois não se pode viver sem sonhar um pouco. Nunca penso na srta. Dreyfus, a não ser para me certificar o tempo todo de que não penso nela, para a tranquilidade de espírito.

Tenho alegrias com o meu relógio de cabeceira. Fico feliz ao verificar que ele para durante minhas ausências, como o comerciante prometera e embora ele não tivesse garantia. Continuo a acreditar que 2 é o único 1 concebível, mas talvez seja mais um erro humano. Costumo ouvir em cima sob todos os pontos de vista os passos do professor Tsourès que vai e vem com os massacres e os direitos humanos e tenho a impressão de que ele vai descer, mas ele continua na casa dele, no andar de cima, sofrendo de insônia, por causa de sua generosidade.

Na STAT também está tudo certo, com bom uso. Meu caráter humano salta aos olhos e por isso não sou alvo de nenhuma atenção. O rapaz do escritório não está mais lá, foi posto no olho da rua porque acabaram por descobri-lo. Não posso dizer que sinto sua falta mas penso muito nele, me dá segurança saber que não posso mais encontrá-lo. Sinto, claro, claro, quem não sente, estados latentes e aspiratórios e tomo produtos para não inquietar. Aliás, fabricam-se membros artificiais com boa apresentação e em vista de emprego, de vida útil e sem enrubescer. Escuto meus colegas de escritório falarem do aumento de gritos, mas ninguém os ouve, é abafado pelo número.

Às vezes me levanto no meio da noite e faço exercícios de alongamento visando aceitações futuras. Rastejo, me dou nós, me torço e me dobro em todas as direções em cima do carpete, para as eventuais necessidades da causa. Há momentos de tamanho sofrimento que realmente se tem a impressão de existir. Conto isso para que se tome cuidado, pois não gostaria, sobretudo, que se imaginasse.

E além disso, há as pequenas insignificâncias. Uma lâmpada que desenrosca pouco a pouco sob o efeito do trânsito na rua e que começa a piscar. Alguém que se engana de andar e vai bater à minha porta. Um glu-glu amigável e bondoso no radiador. O telefone que toca e uma voz feminina muito suave, muito alegre, que me diz: "Jeannot? É você, meu bem?", e eu fico um longo momento sorrindo, sem responder, o tempo de ser Jeannot e meu bem... Numa grande cidade como Paris, não se corre o risco de faltar.

O fim "ecológico" de *Gros-Câlin*

O fim "ecológico" foi estabelecido a partir do manuscrito original conservado no Institut Mémoires de l'Édition Contemporaine, com o auxílio da retranscrição feita por Diego Gary.

Ele substitui o último capítulo da edição de 1974.

Na tarde de um dos dias que se seguiram, sem conseguir determinar exatamente, levei Gros-Câlin ao Jardim de Aclimatação pois não precisava mais dele, sentia-me muito bem em minha pele. Ele me deixou com a maior indiferença e foi se enrolar numa árvore como se fosse exatamente a mesma coisa. Voltei para casa e lavei a bunda, depois disso tive um instante de pânico, minha impressão era não estar ali, ter me tornado um homem, o que é perfeitamente ridículo quando, justamente, você é um homem e nunca deixou de sê-lo. É nossa imaginação que nos prega peças.

Pelas três da tarde tive uma crise de amizade e desci ao Ramsès para dar uma olhada em Blondine mas a caixa estava vazia, ou a patroa a pusera em outro lugar ou já a havia comido. Voltei para o meu quarto e sala mas estava com febre e pensamentos. Então comecei a escrever anúncios classificados, mensagens urgentes e telegramas resposta paga mas não os enviei pois conheço a solidão dos pítons na Grande Paris e os preconceitos em relação a eles. A cada dez minutos eu corria para ir lavar a bunda.

Pelas cinco horas da tarde compreendi que eu tinha ali um problema e que precisava de alguma outra coisa, algo seguro e desprovido de erro humano, mas permaneci decididamente antifascista. Sentia tamanho desejo de primeira necessidade, com alguma outra coisa de diferente, de bem-feita sob todos os aspectos, que corri a um relojoeiro da Rue Trivias e entrei em posse de um relógio de companhia, com mostrador branco, franco e aberto, e dois ponteiros graciosos. O mostrador me sorriu imediatamente. O relojoeiro logo me propôs outro relógio, que era "superior".

— Este, o senhor nem precisa dar corda. Ele anda o ano todo com quartzo.

— Desejo ao contrário um relógio que precise de mim e que pararia de funcionar se eu o esquecesse. É pessoal.

Ele não entendia, como todos os que são assim por hábito.

— Quero um relógio que não possa continuar sem mim, é isso. Este...

Fechei minha mão em cima. Eu pensava, não sei por quê, no buquê de violetas. Eu me apego muito facilmente.

Sentia o relógio se aquecer dentro de minha mão. Abri a mão e ele me sorriu. Sou perfeitamente capaz de dar um sorriso de amizade a um relógio. Tenho isso em mim.

— É um Gordon — disse o relojoeiro com ar importante.

— Quanto custa?

— Cento e cinquenta francos — disse o comerciante, e era um sinal do céu, pois era tanto quanto a srta. Dreyfus.

— Para esse modelo não há garantia — disse o comerciante, com tristeza, pois devia às vezes refletir sobre isso.

Voltei para casa, corri para lavar a bunda e depois me enfiei na cama, com o reloginho na palma da mão. Há pardais que vêm assim pousar na palma da mão, parece que se consegue isso com paciência e migalhas de pão. Mas não se pode viver assim a vida com migalhas de pão e pardais na palma da mão, e aliás eles sempre acabam levantando voo, por causa do impossível. Ele tinha um mostrador bem redondo com um narizinho pequenininho no meio e os ponteiros se abriam numa espécie de sorriso, mas isso dependia da hora, não é possível sorrir o tempo todo. Quando eu era garoto, no dormitório da Assistência, mandava buscar de noite um cachorro bem grande que eu mesmo tinha regulado num objetivo de afeição e criado com uma fuça preta, orelhas compridas de amor e um olhar de erro humano, ele vinha toda noite lamber a minha cara e depois eu devo ter crescido e ele não podia chegar até perto de mim. Pergunto-me que fim levou, se ele ainda tem um cão sem dono. Fiquei longas horas com o relógio inanimado sem crueldade na palma da mão. Era alguma coisa de humano que nada devia às leis da natureza e que era feito para se contar com aquilo. Às vezes eu me levantava e corria para lavar a bunda. De manhã, engoli o último ratinho. Dali a um ou dois dias, vou esquecer de dar corda em Francine, vou fazer de propósito para que ele precise de mim. Chamei o relógio de Francine por causa de ninguém com esse nome e da feminilidade. Ouço no andar de cima sob todos os pontos de vista o professor Tsourès que vai e vem com os massacres e os direitos humanos. Não vou mais ao escritório por causa de minha evidência, não posso mais fingir. Continuo a sofrer, quando estou deitado, da ausência de braços ao meu redor, mas outro dia li que é normal, as pessoas de quem se corta uma perna continuam a sentir dor na perna que já não está lá. É um estado de carência com deficiência. Observei um glu-glu benevolente no radiador e é estimulante. No quinto dia da luta do povo francês por sua libertação, comecei a experimentar a filosofia: há uns e os outros e uns são os outros mas não o sabem, na falta de algo melhor. Mas isso logo formou mais um nó, e para nada.

O drama estourou dois dias depois, quando me dei conta de que eu não estava lá. Logo iniciei buscas febris mas não consegui me encontrar. Não me afligi porque às vezes me meto em lugares impossíveis. Telefonei para o Achados e Perdidos mas me disseram que para os pítons era a SPA. Lembrei-me então de que eu tinha ido ao Jardim de Aclimatação e que tinha me deixado lá. Quis redigir um anúncio classificado com estado de socorro e de urgência mas não estava muito claro em minha cabeça, não sabia se era uma oferta de emprego ou uma procura, um pedido ou absolutamente nada de todos os pontos de vista, o que pareceu ser o caso mas impossível de redigir. No entanto, as leis da natureza se fizeram novamente sentir e quando a sra. Niatte entrou para me alimentar, levantei-me e peguei-lhe a caixa das mãos. Havia ali seis ratinhos e imediatamente engoli um. A sra. Niatte deu um berro mas eu já não tinha força de lutar contra a natureza das coisas e comi um segundo ratinho e depois um terceiro. Pensei que a sra. Niatte ia desmaiar mas ela vinha me alimentar uma vez por semana, havia um ano, talvez fosse porque ela nunca tivesse me visto em pé. Em geral, quando vem eu fico todo enroscado num canto. Logo deitei no chão para tranquilizá-la e comecei a rastejar pelo carpete para deixá-la à vontade. Ela estava tremendamente pálida e começou a andar recuando, segurando-se nas paredes, e depois deu no pé. Eu me enfiei na cama, decidido a parar de fingir e a não mais me singularizar, numa aglomeração de dez milhões de habitantes é preciso fazer como todo mundo. Deveria ter pensado em levar um ratinho para a srta. Dreyfus mas era apenas um esforço de imaginação, eu não podia abrir a porta sem braços. Aliás, se começasse a rastejar à vista de todos, eles não me perdoariam pela degradação e depradação da Cultura e com pauladas do mesmo pai ou mesmo pior. É preciso fazer pseudo-pseudo, é o entendimento tácito e colaboratório com a instituição e o regime no figurado pois é pseudo-pseudo e é de imediato esquizofrênico e psiquiátrico por motivo de pai desconhecido. É preciso estar fingindo dos pés à cabeça com exigências diminuídas. Pierre Brossolette deve ter se jogado pela janela do quinto andar por causa de suas exigências. Jean Moulin era tão pretensioso que até teve de se cortar a garganta. No Mont Valérien está cheio de caras que tinham pretensões. Eu me recuso a ser fuzilado como se deve e no Chile para ser um homem. Declaro abaixo assinado que estou em pele de homem e que as escamas só estão ali por causa de um erro humano. Isso não deve ser sabido, e de todo coração. Logo comi um ratinho e rastejei sob a cama para me conformar e não desonrar. Eu abaixo assinado demográfico me comprometo com estudos secundários e Ordem dos Médicos apoiando, com direito sagrado à vida por vias urinárias e culturais pseudo-pseudo. Sou patriota e francófono.

No entanto, saí de novo para correr ao banheiro e lavar a bunda e pôr um pijama para a forma humana.

Se eles vierem me interrogar, jogarei o jogo. Jogar o jogo é a regra do jogo para a forma humana. É o grande século e o estilo. Que venham. Não tenho medo. Farei pseudo-pseudo como todo mundo. Só o rapaz do escritório é que me mete medo. É um erro do gênero humano, esse canalha, ele quer a pele das muda-mudas, ele exige.

Portanto, eu estava tranquilamente em vias de me conformar sobre o carpete quando bateram à porta, sem tocar a campainha porque tudo devia estar enguiçado num momento de simpatia. O rapaz do escritório, eu tinha certeza. Quis rastejar até a cozinha para pegar uma faca do mesmo nome, mas me lembrei a tempo que eu não tinha braço. Prudência. Se ele me visse em pé verticalmente com uma chave na mão, ficaria nas nuvens. "Aha, Gros-Câlin, te peguei! Você não é um píton! É um dos nossos! Venha com a gente, cagão, saia, lute!"

Logo me enrosquei em cima do carpete para não me trair. Bateram de novo. No espaço de um segundo fui tomado por uma esperança louca: pensei que fosse a srta. Dreyfus que vinha lavar a minha bunda.

Eles tinham a chave da sra. Niatte. Entraram. Havia dois, três caras com ela. Quatro. Dois tiras de uniforme e tudo.

Tive muita presença de espírito.

Não pensei duas vezes. Depressa, abri a caixa, peguei um ratinho pelo rabo e o engoli.

Sei que isso fica parecendo coisa de cupincha e conformista mas não tenho pretensão. Não quero bancar o diferente.

Eu até fiz um "nham-nham" coçando minha barriguinha com ar contente, para mostrar que era bom e que eu lhes era grato.

Não disse obrigado, para mostrar que eu tinha limites.

Eles pareceram espantados e olharam um para o outro. Não esperavam por essa. Esperavam encontrar um erro humano e caíram num cidadão e num democrata.

Eu estava salvo. Não podiam me acusar de ato contra a natureza.

Aliás, sabia por que eles tinham vindo. Era por causa do rapaz do escritório. Devem ter nos visto juntos e devem ter pensado Aha!, ele também é pelo impossível.

Dei-lhes uma piscada de cupincha e peguei mais um ratinho pelo rabo e o comi. Eles logo sossegaram. Nem pediram meus documentos. Logo compreenderam que eu era da família. Foram de extrema gentileza. Não houve nenhuma brutalidade policial. Não havia razão.

Mesmo assim, tive muito medo. Tinha deixado as fotos de Jean Moulin e Pierre Brossolette nas paredes. Esqueci de tirá-las. Mas não as viram porque jamais teriam pensado nisso. Quando a gente olha, aquilo ultrapassa a imaginação.

Havia um bom ambiente. Eles sabiam muito bem que eu não era daqueles. Pois é bom que se diga que às vezes é difícil saber quem é quem. Há muitos homens sem fundos em circulação que não são honrados e a apreços desafiando qualquer concorrência.

Só a sra. Niatte estava consternada. Até chorava um pouco.

— Pobre sr. Cousin! — repetia.

Ah! Uma cilada.

— Eu me chamo Gros-Câlin — disse-lhe do alto da minha altura. — Não tenho a menor ideia do que está falando.

Havia ali um rapaz decente, de jaleco branco. Ele se sentou na cama, em cima de mim. Deu uma olhada para a zeladora.

— Gros-Câlin?

— É o píton — ela disse com um suspiro de fender a alma por causa da expressão.

— Sou eu — disse com presença.

O rapaz estava todo amigável.

— Ah, bom — ele disse. — Tudo se explica. Um píton. E o senhor se alimenta de ratinhos, naturalmente.

— Naturalmente, como a palavra indica — disse eu.

Eu estava com certo medo. Ele começava a me afligir com seu ar benevolente. Talvez quisesse conquistar minha confiança para me trair.

Aha!, pensei. Tem astúcia no ar.

— Não há caráter humano aqui — disse eu.

Dei umas batidinhas com o pé esquerdo. Houve um silêncio inquietante com berros interiores.

Não confessar. Apresentar um aspecto humano, tranquilizador, despercebido. Comer merda se necessário. Se me descobrirem no interior, é o túmulo de Jan Palach,* a apreços desafiando qualquer concorrência.

Não confessar. Pierre Brossolette se jogou do quinto andar para não confessar seu caráter humano. E o outro — não pronunciar seu nome, para não se trair — se jogou do quinto andar. Não confessaram, em vez de comer merda. Gabriel Péri**

---

* Jan Palach (1948-69) era um estudante tcheco que, em protesto contra a invasão soviética da República Tcheca, em 1968, suicidou-se ateando fogo no corpo. Seu enterro transformou-se numa grande manifestação contra a invasão, e seu túmulo, um lugar de peregrinação. Cinco anos depois, a polícia secreta cremou seus restos mortais e pôs no túmulo de Palach o cadáver de uma mulher desconhecida.   ** Gabriel Péri (1902-41), jornalista e deputado, membro do Comitê Central do Partido Comunista francês, foi morto pelos nazistas no forte do Mont Valérien.

fez-se fuzilar antes do tempo. Enfiar um capote pesado e uma echarpe quando o espírito respirar. Fiar-se literalmente, deixar o espírito respirar, ele bem que precisa disso. Comer ratos em todas as refeições para oferecer as garantias necessárias.

Rastejei pelo carpete com ar de tranquilidade. De vez em quando soltava um punzinho para a baixeza necessária.

— Como camundongos, ratos, porquinhos-da-índia, com nível de vida — declarei. — Alimento-me normalmente.

— Claro, claro. Vive sozinho, aqui?

Aha!, pensei. Uma cilada.

— É o sr. Cousin que cuida de mim — disse eu. — Mas o dei ao jardim zoológico.

— Ah, bom, ah, bom, estou vendo — disse o rapaz amigavelmente e ele de fato tinha o aspecto de quem simpatizava comigo.

— Ao Jardin des Plantes, mais exatamente — retifiquei, preocupado como sempre. — Ao Jardin des Plantes, retifico para a lucidez. A lucidez, meu senhor, isso aí realmente é o que dá peso.

— É, às vezes dá até tanto peso que esmaga — ele disse sorrindo com, não sei por quê, imponência em sua cilada. Quer dizer, em seu olhar.

— Ele vivia com um píton mas o deu ao Jardim de Aclimatação, outro dia... Eu o teria matado. Teria, sim.

— Ela está mentindo — limitei-me.

— Entendi, entendi — disse o rapaz. — Ela quer dizer que o senhor vivia com um sr. Cousin e que o deu ao Jardim de Aclimatação. Foi quando?

— Não sei — disse a sra. Niatte. — São os inquilinos do terceiro que vieram me informar, pois o encontrei... Oh, meu Deus! Pobre sr. Cousin! Ele não faria mal a uma mosca...

— Separei-me de Cousin na quarta-feira passada por motivos familiares — disse eu, seco.

— Ele era tremendamente apegado — disse a sra. Niatte, secando as lágrimas. — Nunca entendi como se pode gostar de um píton mas...

O rapaz de jaleco branco me olhava com geração. Aos vinte e cinco anos, entre eles, há geração. Eles não são mais os mesmos. Com eles, é preciso ser paciente, dar-lhes tempo. Ainda não tiveram tempo de se alimentar bem.

Aquele rapaz me parecia correto. Não tinha nada de especial, mas tinha menos que os outros. Senti um momento de esperança sem nenhuma razão, por definição do termo. Eu me apego muito facilmente. Aconteceu-me agarrar-me a um olhar durante dias e dias. É quase sempre um olhar de mulher, por causa da feminilidade. Aliás, acho que tudo deveria ser no feminino e desde o raiar do sol.

— A separação deve ter sido muito, muito sofrida, não foi? — o rapaz perguntou.

— Foi muito sofrida para Cousin, posso lhe garantir — informei.

Acrescentei modestamente mas não sem orgulho:

— Ele me ama.

— Pois é, é por isso que estou aqui — disse ele. — Sou assistente do Jardim de Aclimatação. Cousin se sente terrivelmente só. Está definhando. É afetivo. Precisa do senhor. Ainda está em estado de choque, sob o efeito da separação. É um ser ultrassensível, que não conseguiu se aclimatar. Ele o solicita.

Meu coração quase parou. Falo no figurado, como órgão. Tive até uma espécie de esperança no lado esquerdo, ali, debaixo das costelas.

— Penso que o senhor devia vir conosco e passar algum tempo junto ao sr. Cousin no Jardim de Aclimatação. Ele está tendo uma depressão nervosa. Quem é separado brutalmente de um ente querido sente-se muito só.

— É claro — disse-lhe eu. — Eles são dez milhões, sem contar os ônibus. Isso reduz. É o cartão perfurado, com programação e desperdício e engarrafamentos de quinze quilômetros na altura de Juvisy na garganta. Não sei se o senhor está informado a respeito da porra, da Ordem dos Médicos com direito sagrado à vida por vias urinárias e aumento do gado com vacas francesas e bancos de esperma para a expansão, mas a quantidade de homens sem fundos que foram emitidos e que estão em circulação sem a menor chance de serem honrados é assustadora. Falo com conhecimento de causa, sou estatístico. Confiei Cousin ao Jardim de Aclimatação com esse objetivo. É muito difícil destoar. Espero que pouco a pouco e de grão em grão ele se adapte. É preciso haver medidas. Felicito-o. Os Jardins de Aclimatação são muito importantes, por causa do meio ambiente. É preciso se adaptar. Convém pegar a cor do meio ambientado por mimetismo para a proteção por camuflagem. Pessoalmente, estou pronto a comer merda, não tenho pretensão, simplesmente lhe observo que ainda não nos deram uniformes. Sou antifascistas, pois a polícia tem de servir para alguma coisa, isso não se substitui por todo mundo do dia para a noite. Eu também poderia lhe falar de outra coisa, senhor, mas é proibitivo, por causa da ausência dele. Mas permita-me dizer que não vejo nenhuma razão para que o senhor tenha trazido os tiras, pois eu sou a favor. Eu sou a favor da ordem das coisas com leis da natureza. Aliás...

Corri depressa para comer um camundongo enquanto a sra. Niatte redobrava os soluços, pois bem sentia, a safada, que eu escapava deles e que ia conseguir guardar os dois suspeitos no meu forte íntimo, com futuro.

— ... É isso... Estou em ordem. Aliás, aquele rapaz do escritório, não quero saber dele. Não o conheço. Há leis contra ele, que as apliquem. Não tenho nada a ver com isso. Não temos nenhuma relação. Se ele não existisse isso só me espantaria pela metade ou até em um quinto, pois só as rodelas existem, por causa da mutilação dos salaminhos bem amarrados para serem fatiados a varejo. Declaro solenemente sob a lei que existo sob todos os aspectos e como se exige. Provei-o ao dar Cousin ao Jardim de Aclimatação. É preciso que ele se adapte sem rodeios pois está lá inutilmente. Sobretudo, não deve destoar com produtos de primeira necessidade em domicílio. Sou a favor da fraternidade e em todos os aspectos porque é urgente misturar os panos de prato e os guardanapos.

Eu estava tão convencido que tinha lágrimas. O Assistente marcava o ritmo com o pé.

— Ele precisa do seu apoio moral — disse. — Perdeu um pouco o contato, como é frequente quando se perde brutalmente um ente querido. O senhor vai ficar muito bem por lá. É aquecido. Ele não pode viver sem o senhor, sr. Cousin.

Olhei de esguelha para os dois policiais. Mas eles viam muito bem que eu estava em ordem. Eu comia os ratinhos, não pretendia nada. A única coisa que parecia preocupá-los um pouco é que eu corria o tempo todo para ir lavar minha bunda. Até o Assistente estava meio surpreso. A sra. Niatte levantava os olhos para o céu e eles me seguiam no banheiro enquanto eu me sentava no bidê. Mas fora isso, eram legais. Permitiram-me levar alguns amigos, o relógio, o tubo de dentifrício com uma cabecinha azul, um guarda-chuva quebrado que ninguém quereria e que só existia para mim, mas criaram caso quando tentei arrastar lá para fora o armário. Eu me apego muito facilmente. Também tentei pegar o bidê, por motivos sentimentais, mas ele já estava amarrado. Disseram-me que havia um por lá. Possível, mas não é a mesma coisa, quando você ama uma mulher não pode substituí-la assim por outra. Eu estava decidido a permanecer fiel à srta. Dreyfus. Há pessoas com indiferença que têm sempre os mesmos sentimentos qualquer que seja o bidê, mas sou um sonhador, o que faz com que para mim nem todos os bidês sejam parecidos.

Foi então que os surpreendi em flagrante delito. Tinham pegado a minha mala e metiam lá dentro roupas para minha temporada no Jardim de Aclimatação. Roupas com braços, pernas, corpos humanos futuros. *Yes, roupas de homem*. Digo *yes* em inglês para não dizer sempre sim, a gente não deve se deixar levar. Primeiro pensei que era uma armadilha de guerra para me fazer confessar e chegar assim a Jean Moulin e Pierre Brossolette com lanternas de bolso e conversa vai, conversa vem, mas não era isso, era muito mais soldado da velha guarda. Digo soldado da velha guarda por causa da fidelidade deles a Napoleão e completamente fora do contexto para embaralhar as pistas e não me deixar surpreender com fidelidade dentro de mim. Pois o que se passava era imenso. *Eles acreditavam naquilo*. Até os tiras acreditavam. Seguravam na mão um pijama que tinha uma forma humana indiscutível e até meias e cuecas destinadas a um homem. Não creio que fosse com o objetivo de provocação, para me fazer confessar. Acho que era sem que eles percebessem, a cueca, as meias, a calça, era premonitório, a sublimação, pois é. Senti um novo surto de angústia pré-natal com passagens vertiginosas de rapaz do escritório. Até tremia dos pés à cabeça, na falta de algo melhor. Uma espécie de inadmissibilidade. Eu me mantinha nu em pelo na frente deles, e viam muito bem quem eu era, com escamas e tudo, tendo tudo engolido como convém, na frente deles, com aceitação, mas mesmo assim metiam na minha mala, pensando no futuro, provisões de metamorfose e sinais precursores, uns prologomen. Emprego essa palavra em seu sentido premonitório com esperança no desconhecido e confiança em outra coisa. Corri rapidamente até o banheiro, me sentei no bidê e lavei meu cu enquanto ele ainda estava lá.

Era um momento perturbador. Ali onde há roupa há esperança. O homem se anunciava em todas as costuras. Ali onde há roupa há molde a preencher, há forma humana. Compreendi imediatamente que o Jardim de Aclimatação era um lugar de passagem para objetos em suspenso em vista de uma destinação feliz e ulterior. Há, é claro, rapazes de escritório que se perdem mas não é possível se reencontrar sem se perder. A única maneira segura de não se achar é não saber que está perdido.

Quando puseram meu pijama na mala, indubitavelmente, *para uso futuro*, compreendi que queriam o meu bem e não criei nenhuma dificuldade. Segui-os para o Jardim de Aclimatação me esfregando as mãos e de bom humor.

Eu sei, eu sei, já estou chegando! Não pedi a Jean Moulin e a Pierre Brossolette que me acompanhassem. Eles já tinham nascido e não precisavam de metamorfose.

No Jardim de Aclimatação tive momentos sofridos porque estavam com dificuldade de abastecimento e não pude me alimentar convenientemente. Eles sentiam muito, mas eu era o primeiro píton que recebiam. Finalmente, me alimentaram por tubo, que tinha mais ou menos a minha forma mas era muito mais estreito e mais curto. Logo me senti amigável e um pouco protetor em relação a ele. Era um tanto difícil mas é preciso experimentar, e aquilo já era, mesmo assim, um ato contra a natureza. Eu pedia para ver Gros-Câlin mas o veterinário-chefe me disse que ele passava bem e que já tinha voltado para a minha casa. O veterinário usava óculos, de tamanho médio, tinha uma certa simpatia pelas outras espécies e vinha me ver com estudantes de zoologia a quem eu interessava por causa de minha raridade. Eu estava muito contente de poder me desenroscar em todo o meu comprimento. O veterinário gostava muito de me ouvir falar. Queria saber por que eu corria para lavar a bunda o tempo todo mas aí fui intransigente, recusei-me a falar disso, queria guardar aquilo para mim mesmo.

Ele me encorajava muito a continuar as presentes notas e observações sobre o estado de píton em Paris. Infelizmente, ao fim de algumas semanas, fui atacado de distúrbios de personalidade por motivo desconhecido, como seu nome indica. Para mim é muito difícil me explicar sobre isso pois há estratagema no ar. Tenho a impressão de que tentam me fazer renascer de minhas cinzas com um objetivo de me pôr de novo em circulação. Eu continuava a sentir que não tinha braços nem pernas e o veterinário empregou duas ou três vezes diante dos estudantes a expressão "alguém para amar", e queriam me fazer brincar com um gatinho, mas logo tentei engoli-lo. Os gatinhos, merda. A enfermeira vinha se sentar ao meu lado mas era profissional. Queria segurar minha mão mas era terapêutico, essa vagabunda. Eu continuava a não ter mão. Deram-me choques elétricos para me fazer confessar. Puseram-me uma televisão com ORTF* e bastava ligar o botão para ter direito àquilo. Eu continuava a não ter mão. O caráter humano, eles sempre podem chegar.

Tive um choque. Um de verdade. A enfermeira deixara a porta entreaberta. Havia ali dois estudantes que conversavam no corredor.

— É um caso interessante. Eu até diria: patético. Viu o caderno dele? É a esperança que é patética, ali dentro. A esperança de qualquer maneira. Por exemplo, ele escreve *prologomen*. E ele diz que isso vem do inglês *prologue* e *men*, homens, e que isso quer dizer prólogo a homens, ao homem, ao humano, em suma...

— É, eu sei. Por pouco não fiz uma besteira e lhe disse que a palavra se diz e se escreve *prolegômenos*, e que isso não tem nada a ver com a vinda ou o nascimento de algum homem

---

* Ofício de Radiodifusão Televisão Francesa, agência nacional das redes públicas de rádio e televisão.

novo e hipotético. No fundo, é um humanista retardado, ao seu jeito. Ainda bem que me corrigi a tempo, disse sim, *prologomen*, prólogo ao homem. Quando um cara tem como única esperança só uma palavra e ainda a pega enviesada... Com eles, toda desconfiança é pouca.

— É, nunca o suficiente.

— Assim, pelo menos, ele tem esperança.

Não consigo dizer o efeito que isso me causou. Nenhum. Estritamente nenhum. Até tive a impressão de que eu ia muito bem, de que tinha acabado, de que era a desesperança. Sempre senti que a desesperança, era isso que me faltava e que se a conseguisse ficaria muito bem, não precisaria nem comer camundongos ou ratos, giraria o botão da televisão, tomaria conhecimento de um novo massacre que me poupou e me sentiria bem, com reconhecimento.

A partir desse momento, comecei de fato a me alegrar. Retomei braços e pernas com o ar de quem lhes diz "taí, bando de canalhas, pronto, agora vocês estão contentes. Olhem o que fizeram com os esplendores da natureza, e não falo somente do condor-real-dos-andes". Não era a aceitação, não se creia, mas até me acontecia pensar em meu escritório, no meu IBM e na grande Paris com perspectivas de futuro. Era bem feito para calar o bico deles, ora essa, e para o meu era pouca coisa e eu estava disposto a pagar o preço. Até passei a ser resmungão e tratava a enfermeira de "vagabunda" para a normalização e para lhes mostrar que eu podia ser posto novamente em circulação.

Uma manhã acordei me sentindo ótimo na minha pele e por um triz não tive um momentinho de apreensão diante da ideia do esforço que me restava fazer. Olhei ao redor e perguntei à enfermeira há quanto tempo eu estava lá e o que fazia ali. Ela me disse que eu estivera doente, uns vírus no ar de Paris que atacam o sistema. O médico chegou logo, muito interessado, e me perguntou se eu estava com fome e se queria meu café da manhã. Eu disse *humm, merda, sim.* A enfermeira saiu e pouco depois voltou com... três camundongos numa gaiola!

— O que é que é isto? — foi o que perguntei.

— Seu café da manhã.

Tive um ataque de fúria desses de via pública.

— Diachos, vocês enlouqueceram! Perderam a cabeça?

Gritei, berrei que estavam me xingando, que eu tinha minha dignidade e o sistema de saúde e que era ignóbil insultar assim a pessoa humana.

— Se é para isso que nossos pais se fizeram fuzilar pelos alemães, ah, merda!

Eu sabia muito bem que era para isso mas eles não sabiam. Até corriam o risco de nunca mais saberem.

Exigi o diretor e tudo. Foram buscar o Assistente. Isso me acalmou um pouco porque esse sujeito é um verdadeiro rapaz de escritório e com geração, vinte e cinco vinte e seis anos, eu desconfio disso mais que o diabo da cruz. Tive até de berrar ainda mais alto para tomar coragem. Falei de procedimentos, de países civilizados, de tratamento infligido.

Estava morto de medo.

O Assistente me olhava amigavelmente de seus vinte e cinco anos. Era óbvio e evidente e claro como água do pote e eu até diria que ele sorria não sem amizade, por causa da compreensão, em todo lugar, como sempre. Esse patife sabia, juro a vocês que ele sabia. Eu tinha até a impressão de que ele era parecido com o rapaz do escritório mas era só a angústia.

Calei-me, finalmente. Lancei-lhe um alerta piscando os faróis e ele fez um sinal com a cabeça, tranquilizador. Ele sabia, ele conhecia o truque. Talvez até o praticasse. Talvez fosse um cara que se escondesse, visando uso futuro.

Fiz gestos, para imitar o órgão, como a função do mesmo nome. Braços, pernas. Estava pronto para imitar o homem, dos pés à cabeça. Rame-rame e pseudo. O importante é não incomodar. Claro, só havia uns cotos e uns tocos, por causa da mutilação pré-natal, mas eles sabiam não ver, para a vida em sociedade com boa vida e costumes. Sabiam não olhar, tato lá tato cá.

— Está perfeito, sr. Gros-Câlin — disse o Assistente me piscando o olho, juro.

Agarrei a deixa no ar.

— Eu me chamo Cousin, Pierre — disse-lhe. — Gros-Câlin era um píton que eu tinha em casa para observá-lo num objetivo instrutivo. Dei-o ao Jardin des Plantes.

Houve em seu rosto ao mesmo tempo sorriso e tristeza pois nunca se sabe onde isso começa e onde isso acaba.

— Mas é claro, nós nos entendemos perfeitamente, sr. Cousin — disse ele. — Acho que as autoridades responsáveis pelo seu retorno à natureza… bem, quer dizer, à vida *normal…*

Olhou-me mas não retruquei, sem tremer.

— … seu retorno à vida normal, vão mantê-lo aqui em observação mais uns dias, e depois disso se o seu estado de espírito… sua melhora, desculpe, se confirmar, o senhor poderá voltar para casa tranquilamente e retomar suas ocupações…

Ele mantinha as mãos nos bolsos e me olhava com muita expressão e simpatia.

Eu me calava. Apertava as nádegas, tinha medo de me trair pela palavra como é sempre o caso. Ainda não me apossara de todos os meios deles.

— Está com apetite? — perguntou-me um ou outro.

— A carne não está cozida o suficiente — disse eu.

Um dos estudantes em readaptação — havia todo um grupo que entrara para ver minha cura — se aproximou de mim e entreabriu meu paletó de pijama e encostou na minha pele.

Abri a boca para lhe dizer "isso não se vê do exterior" mas o Assistente me fulminou com um olhar e parei a tempo. Eu não tinha nada a temer desse lado, as escamas estão no interior e não a olho nu. Observei o estudante com benevolência. Eu não tinha nascido ontem. E me veio à ideia de que talvez fosse ele que falava outro dia atrás da porta com o corredor. Fechei um olho pela metade, para a artimanha.

— Diz-se *prolegômenos*, do grego, e não *prólogos* dos *men*, e de rigorosamente nada — informei. — Ouvi-o pronunciar, outro dia. Você deveria se reequipar de dicionário. Isso quer dizer "noções preliminares"? Hein?

Eu estava muito orgulhoso.

Ele fechou meu pijama. Não havia escamas. Não havia píton. Havia pele de homem.

Havia clandestinidade.

O doutor dos óculos entrou e foi informado. Sentou-se perto de mim e tirou minha pressão.

— Normal — disse.

Engoli minha saliva aterrorizado mas sorri bravamente.

Que merda. Tive um momento de pânico com campainha de alarme. Mas não havia razão para isso. Talvez fosse somente a pressão que estava normal. Ainda havia esperança.

Busquei o olhar do rapaz do escritório. Não era o rapaz do escritório, é claro, era outro, e ele não estava de mão armada, mas era o mesmo bando.

Ele via, eu tinha certeza, apesar de sua função de assistente.

Ele via muito bem que eu estava escondido no interior, todo enroscado, com todas as nossas escamas, completamente apavorado, por causa do meio ambiente.

Ele se calava. Até me deu as costas, por simpatia.

O doutor me observava com penetração.

O que é que aquele calhorda esperava, que eu comesse merda para lhe provar meu caráter humano?

Joguei o grande jogo.

— Escute, doutor, não posso ficar aqui indefinidamente. Não posso me permitir abandonar meu trabalho e pagar as despesas...

— O sistema de saúde vai reembolsá-lo, fique tranquilo. Está previsto para isso. O sistema de saúde não foi feito para os cachorros... quer dizer, para os pítons!

— Ha, ha, ha! — caí na gargalhada, com gosto.

Era o momento de rir. Não muito para não parecer nervoso.

— Sei que tive uma depressão nervosa — disse eu — mas...

Nisso aí, corri um risco enorme. Mas às vezes é indispensável, na clandestinidade, justamente, para convencer, e passar despercebido no exame. Precisava mostrar-lhes que tinha inquietações saudáveis, que queria estar com eles do lado certo.

— Mas não sou esquizofrênico, pelo menos? — perguntei.

Isto, sim, era ser alguém!

O Assistente virou-se para mim abruptamente e olhou-me com admiração. Senti que achava aquilo muito muito bom. Um verdadeiro *stratagemma*.

O veterinário — eu sei, eu sei, mas só o resultado é que conta — virou-se para os estudantes através de seus óculos. Pareceu recompensado por seus esforços. E logo me tranquilizou.

— Claro que não, o senhor, simplesmente, pifou. Numa sociedade muito evoluída, muito complexa, muito exigente como a nossa, há momentos em que se perdem as faculdades de adaptação, em que já não se consegue acompanhar, se inserir, se ajustar... A máquina fica ofegante, emperra, enguiça...

Por pouco não berrei qual máquina mas era no figurado. Ufa, por pouco não cometi um erro humano.

— ... se recusa a funcionar...

Minha vontade era correr para lavar a bunda mas não era o momento de lhes falar de minha vida sentimental.

O veterinário de óculos assim como o colega do mesmo nome cruzou os braços sobre o peito, grave. Era Napoleão que passara toda a sua vida a se vencer e que tinha conseguido, recebendo as honrarias.

— É uma questão de comportamento social. Um homem normal é um homem que não inquieta por seu comportamento. A sociedade não pede mais que isso pois ela é liberal.

Foi lá para fora seguido por todos os estudantes em só Deus sabe o quê pois não se deve ficar de picuinhas. O Assistente foi o último a bater em retirada.

Veio para perto de minha cama e me estendeu a mão.

— Aperte minha mão, Gros-Câlin — disse.

Hesitei. Hesitei terrivelmente. Talvez seja um amigo da onça. E então corri mais um risco, com confiança no futuro.

— Você sabe muito bem que eu não posso — murmurei-lhe.

Ele pôs a mão em meu ombro e fiquei com lágrimas nos olhos sem temor de flagrante delito.

— E outra coisa — murmurei. — Menti para eles, há pouco. Não é *prolegômenos*. É *prologomen*, e não é sem esperança...

Ele saiu e pude voltar para casa dois dias depois, com aprovação e uma folha para o sistema de saúde. Enfiei-me debaixo da cama, encolhi-me sobre mim mesmo e dormi vinte e quatro horas, e depois tomei disposições para me cercar das garantias necessárias. Falei longamente sobre a gasolina cara e o custo de vida em geral com comerciantes do bairro e conversei muito tempo com a sra. Niatte sobre a calefação, gás e eletricidade, com tranquilidade, familiar e cotidiana. Sentia algum medo mas tudo se passou muito bem. No início, eles estavam nervosos porque também temiam ser descobertos mas logo entenderam que eu jogava o jogo apoiado no comportamento social e então se sentiram seguros. Fui a todos os lugares necessários para o pão, o vinho, o queijo e a manteiga, dizia em voz alta e inteligível "bom dia, senhores e senhoras..." e "bem, até logo, senhoras e senhores, passem um bom dia", mas evitei ir ao açougue para comprar carne porque era preciso exagerar as precauções pelo menos durante algum tempo. A clandestinidade era mais fácil na época dos alemães por causa das falsas carteiras de identidade. Até comprei jornais e esbarrei em duas ou três pessoas na rua, dizendo-lhes: "Será que não podem prestar atenção?". Passo assim uma ou duas horas a tranquilizar a todos com meu comportamento social e acho que já começam a não mais me ver. A compressão aumentou ainda mais vários milhões de entradas durante minha temporada no Jardim de Aclimatação, e a dos homens sem fundos e a apreços desafiando qualquer concorrência já não pode sequer ser estimada por falta de estima necessária. Cometi um pequeno lapso na mercearia, há pouco, quando o dono me falou da alta dos apreços eu caí na risada, não parava mais de rir, pois já ninguém liga para os apreços por causa de sua abundância. Mas ele não se deu conta de nada porque tinha outros motivos de preocupação. Cruzei com o gerente na escada e o felicitei pelos cuidados que dedicava ao edifício. E até fui ao sistema de saúde e lá tampouco houve dificuldades, com os certificados que eu tinha e aliás nem me olharam. Eu continuava com a impressão de que eles viam aquilo, mas é normal, é sempre assim depois de uma troca de pele quando a gente volta a ser como antes e é preciso se habituar. Às vezes eu ponho, astuciosamente, um disco de Mozart, bem alto, para que os vizinhos ouçam e saibam que há ali um homem que escuta Mozart. Tomo muito cuidado, apresento todos os sinais externos de respeito.

Também tomei, num objetivo de segurança, uma decisão grave. Falei longamente com Jean Moulin e Pierre Brossolette no meu forte íntimo, e disse-lhes que tinha sido levado ao adotório e que lá fui posto sob vigilância com observação sem comunicação com o exterior. Aliás, é falso pretender que a Igreja monta guarda na entrada do abortório em nome do direito sagrado à vida por vias urinárias, pois eles seriam excomungados por Deus que, apesar de tudo, não é o papa, e é por isso que não se encontra Deus em nenhum lugar no abortório, o que é mais que evidente e como deve ser. Expliquei-lhes que tinha conseguido convencer as autoridades do adotório a ser devolvido a mim mesmo por eletrochoque mas que mesmo assim tinha sido alvo de suspeitas. Portanto, não podia mais escondê--los em casa, pois já tinha a maior dificuldade em esconder a mim mesmo. Pretensões semelhantes em quem se pretende em ordem são algo que logo provoca a rejeição pelo organismo de defesa por causa do uniforme. Disse a eles que era preciso ser malandríssimo e pseudo-pseudo. Entenderam muito bem, um por causa do golpe de Caluire e outro por causa dos cinco andares sem elevador. Sendo assim, tirei os dois retratos da parede e os queimei astuciosamente pois assim ficavam mais bem escondidos e corriam menos riscos. Tenho a sorte de dispor de muito espaço no meu forte íntimo. Não há nada melhor em matéria de clandestinidade. Garanti a eles que ia alimentá--los todo dia com tudo o que tinha de melhor e fui comprar estoques de pilhas para suas lanternas de bolso porque não é possível ficar o tempo todo no escuro, é preciso esperança. Nunca penso na srta. Dreyfus, a não ser para me assegurar o tempo todo de que não penso nela, para a tranquilidade de espírito, e nunca mais voltei a vê-la no bordel pois não vejo o que tenho a oferecer a uma moça livre e independente. No entanto, sou obrigado a reconhecer que costumo correr para me sentar no bidê e lavar a minha bunda, pois me acontece sentir-me atrozmente sozinho e não se pode viver sem sonhar um pouco. Tenho alegrias com meu relógio de cabeceira, que realmente precisa de mim. Fiquei feliz ao verificar que ele parou durante minha ausência no adotório, conforme o comerciante me prometera, e embora não tivesse garantia. É claro que agora há relógios que andam sozinhos e não precisam de ninguém, o que é todo o objetivo da operação. Dei-lhe corda e sentia gratidão por ele, é a reciprocidade. Continuo a acreditar que 2 é o único 1 concebível e que todo o resto é desprovido de erro humano, o que se obtém com os grandes números e as operações em curso. Costumo ouvir os passos do professor Tsourès que anda em cima da minha cabeça e sempre tenho a impressão de que ele vai descer, mas ele continua em casa no andar de cima, sofrendo de insônia, por causa de sua generosidade.

E além disso, há as pequenas insignificâncias. Uma lâmpada que desenrosca pouco a pouco sob o efeito do trânsito lá fora e que começa a piscar. Alguém que se engana de andar e vem bater à minha porta. Um glu-glu amical e bondoso no radiador. O telefone que toca e uma voz feminina muito suave, muito alegre, que me diz: "Jeannot? É você, meu bem?" e eu fico um longo momento sorrindo, sem responder, o tempo de ser Jeannot e meu bem. Numa grande cidade como Paris, não há o risco de faltar. Na STAT também está tudo certo, com bom uso. Meu aspecto humano salta aos olhos e por isso não sou objeto de nenhuma atenção. O rapaz do escritório não está mais lá, foi posto no olho da rua porque acabaram por descobri-lo. Não posso dizer que sinto sua falta mas penso muito nele, me dá segurança saber que não corro mais o risco de encontrá-lo. Sinto, sem dúvida, sem dúvida, quem não sente, aqui e acolá estados latentes e aspiratórios que se manifestam por angústias, suores frios e náuseas pré-natais, a apreços desafiando qualquer concorrência. Tomo produtos para não me trair e não inquietar, para continuar a ser bem-educado e de boa companhia. Aliás, fabricam-se membros artificiais para permitir a todos fingir, com boa apresentação e tendo em vista emprego e vida útil, e sem enrubescer. Às vezes me levanto no meio da noite e faço exercícios de alongamento da espinha dorsal visando aceitações futuras. Eu me torço, destorço e retorço no carpete, de todas as maneiras possíveis e acessíveis, me contorciono, me entorto, me dou nós e me enrolo com extrema boa vontade e exigência, e me dobro e desdobro tentando assumir todas as formas para as eventuais necessidades da causa e os imperativos do meio ambiente a fim de me agarrar em mim o melhor que posso e fazer todo o possível. Às vezes fico com os olhos me saindo da cabeça e há momentos de tamanho rebaixamento e maus-tratos que tenho de fato a impressão de existir. Conto isso à guisa de advertência e de prevenção rodoviária, pois não gostaria, sobretudo, que se acreditasse ou se imaginasse, mas foi como por acaso durante esses exercícios de adaptação que ouvi as pancadas à porta. Evitei abrir, pois minha fraqueza naquele momento era tamanha que eu estava exposto à angústia da esperança, que tem como é notório relações conhecidas com a esperança. As batidas eram dadas do lado de fora sem nenhuma dúvida possível e portanto tratei de não abrir, pois àquela altura eu estava visível a olho nu, em estado de angústia e abandono. Por isso, fingi, com astúcia, que não havia ninguém em casa como era preciso. Apesar disso, pus meu pijama de forma humana.

Não houve insistência.

Eu já começava a me sentir salvo quando vi uma folha que enfiavam sob a porta. Primeiro, não quis pegá-la, astuciosamente, por causa das mãos e dos braços e depois vi que ela estava inteiramente do lado de dentro e que não poderiam ver que eu me servia de minhas mãos. Peguei-a. Havia um endereço, uma data para o dia seguinte e uma hora — vinte horas e trinta — e estas poucas palavras: *Ande, não se faça de covarde, você não é forte o suficiente para isso. Venha conosco. Mostre-se tal qual. Somos a favor dos pítons.* Era o rapaz do escritório.

Não perdi a cabeça. Sabia que era uma tentativa de provocação com riscos e perigos. Era até, em absoluto conhecimento de causa, ainda mais perigoso: era político. Digo *político* e sublinho, em toda a extensão do termo.

Há de se compreender todo o abismo que se abria a meus pés. A primeira coisa a fazer era evidentemente chamar a polícia para antecipar-se a todas as suspeitas. Mas era uma reação natural, e não estamos aqui para servir às leis da natureza, muito pelo contrário. Por outro lado, os jardins de aclimatação visando um jardim melhor, eu estava farto disso. Tudo o que isso produz, sempre, ainda são bancos de esperma e homens sem fundos que nunca são honrados e apreços desafiando qualquer concorrência. As mensagens com vista inexpugnável para o futuro, eu estava farto disso. Farto da porra em posição de espera no estagnatório, com o auxílio de muda--mudas que tanto faz como tanto fez. Não frequento mais o vocabulário.

Por isso, peguei a mensagem no meio para rasgar.

Eu não queria mais ser Gros-Câlin. Queria ser Gros Malandro, para mudar.

Mas aí se produziu algo irresistível. Houve um impulso irresistível do interior. Havia ali um alvoroço e cavalgadas fantásticas, com cantos, primaveras de Praga e embriaguez premonitória. Fui até, de certa forma, como que levantado do interior. Eram Jean Moulin e Pierre Brossolette. Essas pessoas são de uma fraqueza que confina à esperança.

Lutei. Disse-lhes não. Gritei por razão, bom senso, tanques russos, potência e o maior número possível. Falei de estatísticas e aglomerado com os caras da Polícia Nacional de Segurança em todas as fissuras. Agarrei-me com todas as minhas forças à minha vida privada, corri para lavar a bunda no bidê. Digo exatamente o que penso, lavei minha própria bunda com meus próprios meios pelo menos dez vezes naquela noite num objetivo de independência, de solicitude e de liberdade de expressão.

Nada a fazer. *Eles eram os mais fracos*, aqueles dois ali, e ganhavam. Sempre ganham.

Não sei como fiz para aguentar vinte e quatro horas com a ajuda do meu relógio. O terreno ia me ganhando durante a noite, como sempre, com a imensidão dos desertos africanos em plena Paris e uma ausência total de consideração ou até de atenção que se jogava sobre mim com toda a força devastadora de ninguém.

Eu tinha na mão a folha com a convocação mas não tocava nela.

Como o cansaço e a aflição ajudavam e se somavam ao terror abjeto, retomei confiança em mim mesmo por volta das sete da noite, pois são sinais que não enganam e demonstram lucidez e conscientização.

Vesti-me dos pés à cabeça, com mantô, chapéu e echarpe juntos, por cima de meu pijama que eu não queria tirar, pois ele me aquecia o coração, havia alguém ali. Saí com a desculpa de pôr uma carta no correio. Tudo correu muito bem, eu estava coberto. Meu coração mal batia e minha respiração era tão leve que ninguém iria pensar que havia perigo à vista. Eu tinha decorado o endereço, rasguei a folha em pedacinhos e os engoli por prudência. Aliás, eu era dificilmente perceptível, pois oferecia todas as garantias vestimentares necessárias. Não se viam nem minhas escamas nem meus nós, nem meus cotocos. Eu dava boa impressão de adaptação ao nível de vida. Eu era até louvável e a encorajar, pois oferecia um simpático exemplo de baixa de preços em pleno período de alta. Eu custava um preço vil, não precisava de gasolina e de fonte de energia e era econômico, pois podiam me jogar fora depois de usar. Eu era de pleno emprego, e com dois bilhões de peças sobressalentes, e sem outra matéria-prima necessária além dos investimentos de porra nos bancos de esperma. Eu estava com Papa, com apoio da Ordem dos Médicos, com direito sagrado à vida por vias urinárias e alto lá. Eu era a um só tempo matéria-prima e produto acabado, fodido até, com promessas de um além reservado unicamente aos mortos. Eu não era passível de ultrapassagem a não ser nas autoestradas e era vendido a cada ano a dois milhões de exemplares nos aparelhos de televisão. Até me metiam um canal em cores, como seu nome indica. Eu tinha um governo que me representava a esse respeito sem nenhuma dúvida possível. Eu era conversível. Eu diminuía de ano em ano, com aumento subsequente de necessidades, para compensar. Eu comia cada vez mais merda num objetivo cancerígeno. Reclamavam porque o preço da minha carne era cada vez mais alto para a segurança rodoviária e social. Eu era renda nacional bruta per capita e cada vez mais. Eu era estatístico até o cotoco, demográfico até o ovo, com ovulação munida de todos os sacramentos da Igreja e aberta a todos os bolsos.

Eu continuava, porém, a passar rente aos muros, apesar de meu aspecto despercebido, pois talvez houvesse falhas no meu olhar que deixasse filtrar meu caráter sagrado, quer dizer, secreto, embora eu os tivesse intimado com a ordem de desligar as lanternas, no interior, com um objetivo de imperfeito do subjuntivo oferecendo todas as garantias. Agora só me referia a eles pelas iniciais. J. M. e P. B. por causa do número considerável de metralhadoras com tiras da Polícia Nacional de Segurança nas esquinas das ruas. Ao passar eu levantava meu chapéu diante das forças policiais para lhes mostrar que não escondia nada. Mas era tamanha a minha fraqueza que eu não merecia medidas de prudência a meu respeito. Minha inexistência aparente oferecia o sossego necessário. Eu apresentava. Não era preciso olhar as vitrines para ver que eu estava pronto para vestir. Bastava ver meu sorriso como corda e caçamba para verificar que eu oferecia as garantias necessárias e que já nem refluía, pois engolia. Eu me prestava tão pouco à atenção que quando fui picotado na entrada do metrô recuperei um pouco de existência, de presença. Eu me abaixava para me apanhar, e o tíquete me guardava em sua mão, amistosamente, como prova suplementar. Quer dizer, eu guardava o tíquete na minha mão, mas a inteligência terá retificado por si mesma. Eu me escoava junto com todo mundo à saída e não houve nem olhares curiosos nem olhares simplesmente, bastava ser picotado. Eu tinha posto meus óculos escuros dos cineastas para impedir o olhar. Tinha errado ao dar a eles lanternas de bolso, pois aqueles dois não conseguem deixar de dar luz. É claro que eu era enormemente ajudado pela forma, pelo estilo, pelo vocabulário, por minhas roupas, meu chapéu, echarpe e capote. Todos os cotocos estavam dentro, com as escamas, e não eram vistos e havia aspecto humano mas a não ser as crianças que olham para você sempre muito atentamente porque não estão acostumadas, os outros estavam demasiado acostumados a se refugiar em casa para me perguntar com que direito e com que desculpa. Aliás, eu tinha tomado a precaução necessária de levar meu formulário do sistema de saúde que me dava direito a ser reembolsado em três quartos, era uma prova material que ninguém podia recusar.

Portanto, cheguei são e salvo.

O Palácio de la Découverte estava cercado de cordões de polícia mas eles deixavam todo mundo passar, desde que ficássemos separados. Estavam lá com um objetivo de separação e de prevenção, para que, sobretudo, nada acontecesse. Havia ambulância mas não havia médicos visíveis nas saídas eventuais, pois em seu comunicado pré-natal a respeito dos abortórios a Ordem dos Médicos formulara o desejo de que não houvesse médicos dedicados a tarefas semelhantes, devido à elevação e à dignidade. Eu não saberia dizer aqui, na falta de algo melhor, em que condição estava presente, com medo de identificação e falso pretexto, mas minha fraqueza não teve nenhuma dificuldade em me superar e até deu provas de uma temeridade extraordinária nessa pessoa. Os policiais não me davam a menor atenção, como se tivessem me reconhecido a partir dos álbuns ilustrados dos livreiros sobre as espécies em vias de extinção. Sabiam muito bem, em virtude de todos os meus acordos anteriores, que eu estava em vias de extinção por motivos de meio ambiente e que não havia motivo para me temer. Só que o que aconteceu foi que o estado de fraqueza em que me encontrava deixou-me abruptamente na impossibilidade de lutar contra J. M. e P. B., apesar do estado inicial a que eu os havia prudentemente reduzido. A verdade é que não é humanamente possível esconder em si a um só tempo um píton de dois metros e vinte e Jean Moulin e Pierre Brossolette, pois tal conflito interior corre o risco de eclodir a qualquer momento, visto e sabido por todos, com deflagração e ônibus no sentido queimado da palavra, tanto assim que já não é possível se tratar de proteção da natureza nem mesmo de natureza simplesmente e sem o total de habitantes com apreços desafiando qualquer concorrência. Foi o que aconteceu, justamente, no meu caso presente.

Não sei por qual milagre ninguém notou nada. Talvez por hábito de ninguém, por hábito do hábito, por perpetuação.

Mas bastou um momento de consciência para ver Jean Moulin e Pierre Brossolette, que tinham saído da clandestinidade para ajudar um píton de dois metros e vinte a subir os degraus do Palácio de la Découverte.

Seguravam-me dos dois lados, sem repulsa e eu até diria fraternalmente, e o pobre Gros-Câlin, pois era ele, fazia esforços sobre-humanos para se manter de pé e reto em seu cotoco e para subir os degraus num ímpeto assombroso contra a natureza.

Senti tamanha comoção que por pouco faltou-me fraqueza em mim mesmo, apesar da ajuda interior que assim me vinha.

Jean Moulin usava um capote preto, um chapéu cinza com lenço cinza em volta do pescoço no mês de novembro em a tristeza e a piedade e Pierre Brossolette estava sem chapéu e mais magro. Gros-Câlin era maior que um e outro mas não era ele que os forçava a descer, eram eles que o ajudavam a subir verticalmente os degraus saltitando sobre seu cotoco, na falta de leis da natureza.

Realmente não sei como consegui subir com eles esses degraus, à vista de todos. Talvez tenha sido o maior esforço de minha espécie.

Mas o fiz, saltitando sobre meu cotoco, sustentado por minha vontade de ter acesso ao erro humano e ajudado pelos dois supracitados com o mais-além neste mundo, e me vi dentro e com eles, isto é, fora, em toda a nova acepção desse termo.

Eu tinha saído.

Eu não via mais nada.

Eu tinha medo.

Eu estava ofuscado pelos uivos dos projetores.

Eu já nem sequer via Jean Moulin e Pierre Brossolette.

Eu me mantinha sozinho em pé sobre meu cotoco.

Eu devia ficar em pé sozinho sobre meu cotoco porque tinha a quem sair.

Eu estava cercado de iniciais e de iniciados.

Houve um berro formidável, com festa. Eles enchiam toda a sala, com rostos e mãos.

— Gros-Câlin! Gros-Câlin!

— ?!!?!...

— Gros-Câlin conosco!

— ?!...

Eu enfraquecia a olhos vistos com fragilidade, feminilidade e ternura, não sem pretensão, como se já tivesse direito ao erro humano.

— Gros-Câlin nos diga...

— ?

Com um espanto sem limites.

Então me dei conta de que tinham me colocado sobre o estrado, na frente do microfone, antes de voltar para dentro. Senti um pavor absolutamente terrível e comecei a berrar:

— J.M.! J.C.! P.B.! A.C.!

Berrei todo o alfabeto, de A a Z, sem perder uma gota de sangue.

Senti-me um pouco melhor, pois, afinal, é uma tranquilidade que o ABC exista.

A primeira coisa que eu diria nessa situação é que me mantinha em pé.

Incontestavelmente.

Eu me mantinha em pé sobre meu cotoco mas já de cabeça erguida.

Em seguida eu diria, a título exemplar, que minha fraqueza só fazia aumentar e com o auxílio de tamanha ternura que me senti como que cercado por um sorriso de uma radiosa feminilidade.

— Gros-Câlin! Gros-Câlin!

Não era dito com escamas e pejoração, mas com amor. Sou aqui o maior conhecedor conhecido do amor por causa da ausência prolongada.

Eu sei o que é, quando não está ali.

Estava ali.

Nunca vi em minha vida tantas mãos estendidas e não eram aquelas que em geral usamos pseudo-pseudo com o auxílio de luva. Eram verdadeiras mãos de todos os punhos de vista e em todos os aspectos, com ajuda e assistência aos afogados. Eu mesmo tinha mãos que me vinham e minha fraqueza assumia proporções triunfais.

Aliás, continuava a me manter em pé sobre meu cotoco e isso não é pouco.

Tinha me desenrolado em todo o meu comprimento sem temor de visibilidade e de retorno obrigatório ao Jardin des Plantes em vista de readaptação.

Aliás, devo aqui fazer uma confissão.

Devo, enfim, dizer tudo.

Não tenho dois metros e vinte.

Tenho apenas um metro e sessenta e oito.

Não sou, longe disso, o mais belo píton de Paris.

Por todo lado há os que me vencem em toda a sua extensão.

Mas se entocam em seus habitats enrolados sobre si mesmos em vista de segurança e de vamos em frente.

Sou um Gros-Câlin médio como todo mundo.

Eu lhes disse isso, chorando.

— Como todo mundo! Sou diferente, como todo mundo!

— Viva Gros-Câlin! Viva Gros-Câlin!

Quis cantar. Não podia falar com um engarrafamento de quinze quilômetros. Quis cantar.

— *Bum! Meu coraçãozinho faz bum!*

E fez puf! E fez puf!, como se o engarrafamento tivesse explodido sozinho.

O rapaz estava lá diante dos meus olhos na primeira fila libertado por falta de provas. E vi o Assistente que me dava sinal de vida.

— Bum! Bum! Com produtos de primeira necessidade!

Eu enfraquecia tanto que minha voz causava o efeito de um trovão.

Todos estavam em pé.

Também quis me pôr em pé mas já estava sem saber por falta de hábito.

— Sou diferente como todo mundo! — berrei.

— Fale! Fale!

— Eu exijo, de cabo a rabo!

— Vá em frente, não tenha medo!

— É a fraqueza que desperta!

Eu não tinha sequer vergonha de minhas lágrimas, por causa do orvalho do amanhecer. Só que não tinha mais goela suficiente para engoli-las, pois engolia desde que tinha goela.

Disse então a palavra final.

— Abaixo o existório! — murmurei e o murmúrio é talvez o que há de mais forte.

Calaram-se. Havia tal silêncio que quase se ouvia em algum outro lugar alguma outra pessoa que dizia outra coisa.

Foi então que se percebeu claramente no silêncio a primeira palavra que não era dita por ninguém e não era perceptível pois vinha de outro lugar e ainda era tão fraca que já havia esperança.

30.XI.73

**AMBASSADE
DE FRANCE
AU BRÉSIL**

Liberté
Égalité
Fraternité

Cet ouvrage, publié dans le cadre du Programme d'Aide à la Publication année 2022 Carlos Drummond de Andrade de l'Ambassade de France au Brésil, bénéficie du soutien du Ministère de l'Europe et des Affaires etrangères.

Este livro, publicado no âmbito do Programa de Apoio à Publicação ano 2022 Carlos Drummond de Andrade da Embaixada da França no Brasil, contou com o apoio do Ministério francês da Europa e das Relações Exteriores.

Gros-Câlin © Éditions Mercure de France, 1974, 2007

Todos os direitos desta edição reservados à Todavia.

Grafia atualizada segundo o Acordo Ortográfico da Língua
Portuguesa de 1990, que entrou em vigor no Brasil em 2009.

capa e ilustração de capa
Laurindo Feliciano
composição
Jussara Fino
preparação
Erika Nogueira Vieira
revisão
Jane Pessoa
Fernanda Alvares

Dados Internacionais de Catalogação na Publicação (CIP)

Gary, Romain (1914-1980)
Abraço apertado / Romain Gary ; tradução Rosa
Freire d'Aguiar. — 1. ed. — São Paulo : Todavia, 2022.

Título original: Gros-Câlin
ISBN 978-65-5692-344-4

1. Literatura francesa. 2. Romance. 3. Ficção francesa.
I. Freire d'Aguiar, Rosa. II. Ajar, Émile. III. Título.

CDD 843

Índice para catálogo sistemático:
1. Literatura francesa : Romance 843

Bruna Heller — Bibliotecária — CRB 10/2348

todavia
Rua Luís Anhaia, 44
05433.020 São Paulo SP
T. 55 11. 3094 0500
www.todavialivros.com.br

fonte
Register*
papel
Pólen natural 80 g/m²
impressão
Geográfica